나는 노래를 가지러 왔다

홍일표 시집

문학동네시인선 103 홍일표

나는 노래를 가지러 왔다

시인의 말

남은 빛을 끌어모아 뼛속에 철심으로 세울 때까지
펜 끝에서 흘러나오는 밤을 따라가면 조금씩 피가 붉어지는 동쪽이다.

언어가 닿지 못하는 그곳이 멀지 않아
다시 이곳에 없는 시(詩)로 걷는다.

2018년 3월
홍일표

차례

2부

3부

4부

1부

빵

나는 부풀어 무명의 신에게 닿는다
얼굴 없는 나를 아무도 알아보지 못하여
달의 종족이거나
오리알쯤으로 오해하기도 한다
몸을 떼어 몇 개의 알을 더 낳기도 한다

이미 죽어서 지워진 몸
용서라는 말은 하지 말자

당신을 만나는 동안 작은 속삭임으로 신의 귀를 간질인다
시간의 악몽을 통과하는 잠
어둠으로 빚은
세계의 모퉁이에 부딪힌 빛들이 가루가 되어 흩날린다

이곳에서 저곳까지 길이 없으니
나는 아직 까막눈이고
하느님도 보지 못한
희고 둥근 시간의 덩어리들

꽉꽉 눌러 사라진 꽃의 표정을 찾는다

여기저기 귀들이 펄럭인다
입이 돋는다

목련이 오래 감추어둔 혀를 내밀어 종알거리듯
곳곳에서 부풀어오르는
환한 살풍선들

제 말이 들리나요

밀가루 반죽 속에서 동글동글 태어나는 목소리들
나는 여전히 뜨겁고 캄캄한 살이어서
거듭 달의 종족이라고 불러본다
그래야 오늘도 말랑말랑한 하느님인 것

빵이라 부를 때 당신은 영영 보이지 않으니

귀로

9층이 9층 밖으로 범람한다
9층은 9층 밖을 넘보다가 자기 얼굴을 놓치고 만다 목소리도 잊고 먹통이 되거나 돌아가는 길을 잊기도 한다

그림자는 바닥을 안고 고민한다
고민이 깊어지면 누군가는 그림자를 사다가 거실에 걸어 놓고 말을 걸기도 한다
자세히 보면 까마귀 여러 마리가 앉아 있다

9층에서 빠져나간 검은빛들은 심장에서 멀어진 피 같다
딱딱하게 굳은 목소리가 동쪽을 끌고 간다 정치인처럼 동쪽은 무정란이어서 싼값에 거래되거나 외상으로 팔리기도 한다

9층은 기억한다
제 몸안에 구겨넣지 못한 몸의 쓸쓸함을

어느 날 9층의 심장이 뛴다 쿵쿵거리며 말달리는 아이들이 9층을 완성한다 햇볕의 내부가 뜨거워진다 발갛게 달구어진 햇살들이 철학자처럼 그림자를 태워 9층이 밝아진다 직립한 인도풍의 단풍나무 같다

몸밖에 널브러진 그림자가 식어가고

사람들이 위조지폐 같은 고무풍선을 나누어준다 색이 바래거나 터지기 전까지 아무도 눈치채지 못하는

9층이 내려다본다
가설무대처럼 머잖아 사라질
9층이 없는 9층

더이상 아닌 봄

봄의 얼굴과 팔다리를 최대한 붉게 칠하자
붉은색이 붉은색을 몰라볼 때까지
꽃과 나비가 불이야 소리 질러
더이상 봄이 아니라고 말할 때까지

여럿이 죽고 살아남은 자는 태양의 위치를 바꾸어놓는다

차갑지도 뜨겁지도 않은
봄은 여러 가지 물감을 풀어놓고
박물장수처럼 앉아 있지만

지난해 떠났던 봄은 돌아오는 길을 잊은 지 오래여서 먼 곳에서 촛불로 껌벅인다

사람들은 등만 보이고 걸어가고 촛불들이 사제처럼 뒤를 따른다 자세히 들여다보면 밤에도 피어나는 야행성 꽃이다 저 오랜 봉헌의 자세가 봄의 역사였노라고, 노고지리가 기억하는 하늘 높은 곳의 음악이었노라고

촛불을 들고 봄이 봄을 강행한다

그늘족

저들이 모르는 나라에는 오늘도 혼자 사는 아침이 있고 혼자 자라는 계단이 있다

공중에서 떼어낸 새들이 푸드덕거린다 몇몇 나비들이 그를 조상하고 어디엔가 다른 하늘이 있을 거라고 말하는 예언자들이 나무 꼭대기에 죽은 부엉이를 올려놓는다

내 안에서 누가 총을 쏜다 다연발 권총이다 퍽퍽 장미가 핀다 피의 수요일이다 벙어리가 된 광장을 가로질러 집으로 돌아왔는데 발이 없다

나는 쓸쓸한 아침을 위로하는 방법을 궁리하다가 멸망한 제국이 박하사탕처럼 희어질 때까지 지저귀는 땅속의 새를 본다

가끔 돌 틈에서 꽃잎으로 진화한 새의 표정을 발견한다

두 다리를 만지면서 아침이 살아 있음을 확인하고 나는 살 냄새 가득한 즐거운 재앙 속으로 들어간다

즐거운 독백

불타는 동쪽 하늘에 내 모가지를 걸어두겠다

박수 치며 날아오너라
까마귀 까마귀떼

가짜였던 눈동자
가짜였던 팔다리
다 흩어지는 동안

생은 푸른 잎사귀로 돋아나 한때 내 안을 설렜으나
간 곳 없는 휘파람 소리
네가 가고 내가 가고
먼지 자욱한 들판으로 말달리던 그때
그 발자국들

죽지 않고 살아나 한밤중 나를 밟고 달리고 있다
나는 죽은 것도 산 것도 아니어서
북소리 둥둥
하늘을 걸어다니다 동쪽 바다에 펼쳐지는 붉은 부적
누군가 나를 둘둘 말아 바닷속으로 밀어넣는다

조개껍데기로 해저를 읊는 척하지 마라

불에 탄 머리를 들고 장승처럼 오래 서 있겠다
총을 맞아도 칼에 찔려도
나는 살아 여기 있으니
조용히 숨쉬며 온종일 당신을 견디고 있으니
지긋지긋한 세계 밖으로
대가리 하나 척, 걸쳐놓은 거다

밤을 빠져나온 붉은 핏덩이
부디 모른다 하지 마라
몸안에 천 개의 천둥이 꿈틀거리고 있으니

원반던지기 선수의 고독

너는 하나 남은 태양을 쥐고 있다
차고 딱딱한
어느 날의 이별 같은 것
단 한 번의 사랑 같은 것

해 지는 저녁에도 너는 너를 던져서
사라진 방향을 읽는다
내가 어디 갔지?
잠시 어리둥절한 사이
몸에서 빠져나간 몸은 눈보라로 산화한다
고백하자
우리는 언제나 이곳이 아니었다고
우리는 단지 구름의 높이로 부풀어 꽃피는 심장이었다고

입이 없는 노래처럼
너에게 날아가는 돌멩이는 불붙지 않는다
심장을 조여 매고
겨울로부터 가장 멀리 떨어진 크고 둥근 태양을 강행한다
몸밖으로 던진 슬픔이
다시 돌아와 발등을 짓찧는 날

반쯤 기울어 빈 수숫대로 서 있는 저녁
흙투성이 태양을 방패처럼 잡고 혼자 어스름을 견딘 몸

이 말한다

길 끝에 서서
밤새 누군가를 기다리는 사람이 있을 거라고
그의 눈가에 죽은 이의 이름들이 오래 붐비고 있을 거라고

눈썹

눈썹은 가볍고 여린 들창 같은 것
그렇게 말하면 어디선가 혼자 비 맞고 있는
눈물방울 같은 아이

차라리 가시철조망이라고 하자
철조망의 이데올로기라고 하자

눈썹 아래 잠드는 밤바다
격랑과 해일이 잦아든 사이 낡은 구두를 덜거덕거리며 심해를 걷는 사람이 있다
어디서 온지도 어디로 갈지도 모르는
우우 떼지어 몰려다니는 슬픔의 군단이 있다
어군탐지기에 잡히지 않는
글썽이는 방향이 있다

무작정 찾아든 바닷가 민박집
다 잊고 죽은 듯 잠만 잔
관 속의 사나흘
긴 눈썹 아래 오래 젖어 뒤척이던 날

해안가 가시철조망을 바다의 눈썹이라고 부르며 걷던 저녁이 있다
가늘게 흐느끼는 모래알의 아득한 울음 끝

눈물의 어깨를 가만히 감싸주던
몸안에서 돋아난 여러 올의 빗살무늬

눈썹은 때론 광물성
생의 지각을 뚫고 나온 한 마리 그리마처럼

나프탈렌

휘발하는 당신
아니 내 안의 봄
내 안의 아침

혈관 속에서 쿵쾅거리던 지난밤의 목소리
늘 그렇듯
돌아보면
햇살이 없는 백야

점점 말라가는 공기의 근육

당신을 떠나는
무수한 실금들을 본다
미세한 속삭임들을 본다
몸을 지우고 스러지는 적멸 앞에서
손에 가득 모래알 같은 당신을 쥐고
여덟 번을 부인해도
아침은 오고
누군가 남기고 간 입술만 튤립 봉오리로 남아 있다

허공의 덩어리
잘게 썰어 흩뿌리는 안개비처럼
숨죽이고 몸을 허무는 순백의 제사

이만치 떨어져서

스러지는 낮달을 읽는 동안 가루 한 점 남김없이 날아가는 휘파람소리를 듣는다

희미해지면서 투명해지는

모른 척할수록 더욱 명료해지는

점멸등

사과는 사과를 밀어내고 붉은 것도 푸른 것도 아닌 색의 틈새로 굴러간다

방향등 없이
각각의 금요일
각각의 별자리
눈앞의 길을 죽이고 몸의 벼랑을 완성할 때까지

사각형은 누군가 갖다버린 어제이거나 오래된 애인의 목관인 듯
그가 잡은 열쇠가 권총이 된다

외로운 빛들을 모아 흰 종이를 태우면서
검게 탄 구멍 속으로 손을 넣어본다 도마의 손가락이 여럿이다

빛이 관통한 곳에서 빛이 죽는
금요일이 조금 더 넓어진다

빗방울이 의심하지 않도록
사람들은 말랑거리는 금요일을 비닐봉지에 넣어 들고 간다

눈동자가 밤낮을 깜박거리며 세계를 껐다 켰다 한다

손발이 사라지고 낯선 향기만 남아 저녁의 심장을 어루만지고 있을 때

바퀴

그대는 문자 밖에서 횡행하는 연애입니다 방향도 없고 거처할 처소도 없습니다

한 마리 새가 누군가 마지막으로 내뱉은 비명이듯이 나는 그대의 옷에 붙은 검불이거나 해독되지 않는 기호입니다 저걸 뭐라고 부르지요? 실내에 날아들었던 새가 창밖으로 재빨리 빠져나가는 순간 호명할 수 없는 다른 행성의 눈부신 빛이 스쳐지나갑니다

이파리에 잠시 다녀갔던 빛들의 감정이 희미해집니다 붉은색이든 녹색이든 시간의 무늬로 일렁이다 스러진 것들을 따라가면 나는 이름을 부를 수 없습니다 하나의 이름 속에 여러 개의 이름이 붐비고 있습니다 하나의 색깔 속에 여러 개의 색이 뛰놀고 있습니다

문자 밖의 그대가 명료하게 보이는 새벽에 나는 동쪽에 사는 서쪽입니다 수만 권의 책이 흩어져 폭설입니다

광화

어디로든 가야 하지만 몸속의 겨울이 발화하지 않았다 동사무소 직원 같은 저녁은 눈을 감으라고 검은색을 중얼거렸다 죽지 않은 빛들이 어두운 하늘에서 마른번개로 희뜩거렸다

광화문에서 빠져나간 광화는 깃발로 휘날렸다 천지현황 도깨비불이었다 살아가야 할, 살아내야 할 붉은 심장들이 뿜어내는 불이었다 석 달 열흘 가뭄이 끝나지 않았다

누가 나에게 새를 주고 갔다 머리부터 꽁지까지 흰빛의 미래였다 밤의 바깥에서 가져온, 아무도 읽지 않은, 이역의 문자였다 나는 새를 어둠의 입에 넣어주었다 한 마리, 두 마리, 푸드덕거리다 이내 조용해졌다 새의 발자국만 남아 광장이 잠시 푸르러졌다

칼과 총이 보이지 않았지만 여럿이 죽고 여럿이 쓰러졌다 다른 색깔의 봄이 흘러나왔다 아침에 핀 꽃을 부적처럼 그려서 노래 속에 집어넣었다 마댓자루 같은 저녁의 아가리에서 죽은 새들이 무더기로 쏟아졌다 꿈인 듯 꿈이 아닌 듯 아이들이 도화지에 그린 하늘에서 새들이 날아다녔다 나는 그것이 심장에 칼을 꽂고 살아야 하는 이유라고 푸른색처럼 중얼거렸다 입술에 새 한 마리 오래 머물다 갔다

뿔

혼자 그네를 타는
다섯 살 아이
죽음까지 다녀온 밝은 햇살이 눈을 찌른다

그네 좀 밀어줘요

가위로 오려낸 꽃들이 사생아 같아서 이름이 생각나지 않는다
내 몸안에 여러 개의 메아리가 동굴처럼 웅크리고 있다

멀리 밀어도 그네는 다시 온다 한 발자국도 꽃 밖으로 나가지 못한 꽃처럼

숨 몇 번 내쉬고 완독한 창밖도 심심해진다 죽음이 진부해져서
더 세게 그네를 민다 뻗은 다리가 눈 속에서 자라는 달에 닿지 않는다

앞뒤 지워진 강아지가 몸을 동그랗게 말고 풀밭 위에서 잔다
더이상 꽃피지 않겠다고 맹세한 꽃봉오리처럼

다섯 살 아이가 허공 밖에서 가져온 얼굴

그네 좀 밀어줘요

머리에서 자라는 검은 뿔을 이해할 때까지

물의 집

물도 쉬고 싶을 때가 있는 거다 그래서 가끔은 집을 만드는 거다 동그랗게 몸을 말고 알이 되는 거다

한 번도 본 적 없는 어미를 죽어서도 몰라볼 거라고, 그래서 온몸이 눈이 되어버린 물을 이해하는 저녁인 거다

그런 거다
혼자 떠돌던 물은 손바닥, 발바닥 외진 곳에 집을 짓는다 그걸 물의 눈물이라고 부른 거다 문밖에 나가보아라 해거름에 얼굴 없는 누가 서성이고 있다 밥 한끼 먹여 보내야 할, 해진 발과 해진 옷으로 서 있는

내 몸에 세 들어 사는 물을 받아 적는 거다 글썽이는 물의 문장을 옮기다보면 나도 모르게 물방울이 되는 거다 크고 맑은 집 한 채 지어 오래 머무는 거다 몸밖이 어두워 사나흘 와병중이라고 둘러대는 거다

물이 독채를 짓고 여러 날 알로 뒹굴다 부화하여
팔다리 가볍게 집을 나서는
그런 날이 있는 거다
공중의 첫머리를 열어 혼자 활공하는 새가 있는 거다

붉은 새

가끔 심장 속에서 파닥이는 새가 있다 오래전 죽은 새가 왜 몸속에 들어가 있는지 가만히 가슴에 손을 대본다 아이가 손끝에서 파르르 떨고 있다

몸속에 손을 집어넣는다
자라지 않는 아이가 거기에 있다

새소리가 들린다
나는 굳이 그걸 새소리라고 번역한다
그래야 아침이 오는 까닭을 새벽빛은 안다

심장이 조여드는 순간 새들이 날아간다 약 한 줌을 삼킨다 어깨에서 발끝까지 찌르르 흘러가는 날카로운 울음이 있다 아이의 입술이 저물고, 새 한 마리 포르르 몸밖으로 빠져나간다

새벽달이 얼음조각처럼 부서진다

몇 번을 불러도 나는 거기 없으니
가슴만 움켜쥐고 있는 빈손의 창백한 그림자일 뿐이니

이해할 수 없다 그날 저녁의 잔혹한 피의 온도를
느닷없이 뿌리뽑힌 동백나무의 어리둥절한 표정을

쥐

빛의 손가락이 닿지 않는 구멍에서 혼자 눈뜨는 검은 별을 본 적이 있다

말이 되지 않을 때 말을 버리듯
자주 캄캄해지면서 알았다
날마다 슬픔의 송곳니를 뾰족하게 갈아내야 하는 것을

쥐눈이콩 한 알이 숨어서 우는 걸 보았다
온몸을 검게 칠하고 흐느끼는 밤비처럼

너는 얼굴을 감춘 비사(秘史)다 서지학자가 읽지 못한 낱말들이 곳곳에 지뢰처럼 숨어 있다 여자들이 비명을 지르며 달아나고 몸을 감춘 낱말들은 심장을 두근거리며 최대한 빛을 인멸한다 빛이 찾아내지 못하는 곳에 숨어서야 숨죽여 쟁여놓았던 마음의 미세사를 이슬비처럼 풀어놓는다

말이 되지 않을 때 너는 내 안에서 뛰어나간다 눈썹에 맺힌 별이 수억 년을 숨어 살아온 푸른 맥박이었듯 나는 지상의 궁벽을 사는 검은 심장이다 콩콩 별들이 뛰어다닌다 죽음 같은 황홀한 불안은 극지를 견디는 힘, 어둠을 뚫고 나온 수염 끝이 날카로워진다

빛이 한 걸음 더 다가선다

2부

모래 날다

섬진강 모래알들은 손이 없다
여기까지 흘러오는 동안 최소화에 골몰해온 결과이다
잘라내고 깎아낸 마음의 뼛조각들

어디선가 한 번쯤 스치고 지나갔을 아득한 눈빛들
모래밭에 앉아 진흙투성이 심장을 꺼내본다 진흙의 수많은 손들이 담쟁이넝쿨처럼 붙어 있는
모래알의 전생이 그렇듯
부풀어 터지기 직전의 풍선이 진흙의 심장이었듯

다 놓고 돌아가는 길
가장 정갈한 휘파람 소리
명료하게 정리된 마음을 들춰본다
축축하게 젖어 있던 저녁이 말라
강가의 모래알들이 수런거리며
떠날 채비를 한다
바람의 무게와 비슷해진 진흙의 후신들

최소화에 전념한 뼈의 의지다
슬그머니 알몸을 밀어넣어도 잡지 않는
더이상 잡을 것이 없어 비로소 날개가 돋은

조문(弔問)

휘파람 부는 날은 비가 오거나 앞산에서 구렁이 우는 소리가 안개로 풀립니다 산 채로 생매장된 혼령들이 우는 걸 숨어서 봅니다 죄가 무서워 가까이 가지 못한 적이 많았습니다 물속에 잠긴 아이의 머리카락이 물풀처럼 자라고, 물밖으로 나오지 못한 달은 퉁퉁 불어 해파리처럼 떠다닙니다

열흘 굶은 아이가 비틀거립니다 쇠파이프로 맞아 머리가 터진 낮달이 붉게 젖어 가라앉습니다 사람이 어디 있느냐고 단풍나무가 묻습니다 발아래가 흥건합니다 텔레비전이 혼자 중얼거리다 새벽이 오고 바닥에는 모래알만 우수수 쌓입니다 버석거리는 말들을 모아 불을 지펴봅니다

어두운 숲이 까마귀처럼 짖어댑니다 목매 죽은 귀신들도 하나둘 모여듭니다 바람이 불고 비가 내립니다 밤처럼 어두운 대낮을 망토처럼 끌고 가는 사람들이 보입니다 땅이 열리고 죽은 나무에서 푸른 눈빛이 살아납니다 몸에 불을 달고 달리다 쓰러지는 저녁해도 있습니다 칼에 찔려 피 흘리는 평화도 있습니다 어디선가 그들은 계속 오고 있지만 아무도 보지 못하여 암전입니다 몇몇 사람들이 촛불을 들고 눈감은 하늘을 조상하는 까닭입니다

허밍

저녁 너머에 분홍빛 향기의 기분이 있다 보이지 않아서 멀리 가는, 멀리 가서 잊힌 방향을 증언하는

손에 잡히지 않는 노래를 흥얼거리다 노래 밖에서 돌아오지 못한 그대처럼

꽃이 진행하는 골목에 없는 것이 있다 들리지 않고 보이지 않는, 숨죽여 살며 바깥을 볼 수 없던 것들이 소곤소곤 흘러나온다

그대가 있으나 없다

고요 같은
몸을 버리고 마음만 살아 있는

누가 저걸 노래라고 했나 여러 가지 색깔의 소리라고 했나 꽃잎 언저리에서 이슬로 흘러내리는 휘파람이라고 했나

화요일 너머에서 화요일을 사는 그대의 발자국을 찾는다 눈감으면 더 잘 보여서 숯불처럼 뜨거워지는

그대의 입에서도 흘러나오는 화요일이 있다
오래 손 흔들면서 멀어지는 죽음이 달콤해질 때가 있다

끝없이 사라지면서 지난봄을 발설하는 열매를 따라
최선을 다해 불행해지면서

개곡선(開曲線)

담 너머 뛰어가던 아이가 엎어져 논밭이 되고 동해의 푸른 물결이 된다

아이는 보이지 않고 온종일 뻐꾸기 운다
엎질러진 바다가 게릴라처럼 흩어지는 동안

어쩌면

태풍 건재하여 바다 하나 뒤집는 일쯤이야
큰소리치던 8월
봉포항 지나 문암리 해안까지
지리멸렬 끝에 당신을 만날지 몰라
해당화 수천 송이 줄줄이 꽃폭탄으로 터질지 몰라

어쩌면

닫힌 창 열어젖히고
시곗바늘 앞뒤로 돌려놓고
시간 밖에서 만나는
최초의 맥박들

보랏빛 수국 아래 맞아 죽은 시퍼런 입술들이 있을 테지만

어쩌면

순간의 회오리바람
딱딱해진 강을 깨뜨려 우박으로 흩뿌릴지 몰라
청동의 사내아이 바다를 찢고 들소처럼 치달려올지 몰라

맹세와 언약이 없는 해안으로
하늘을 떼어내고 망명하는 구름의 문장처럼

동행

몸안에서 아이가 울고 있다

아이와 나는 점점 멀어지고
자라지 않는 아이

구석에 쪼그리고 앉아 오지 않는 어미를 기다리다 발바닥까지 운다

아이는 나를 알아보지 못한다
빤히 쳐다보고 있으나 나는 내가 아파서

눈깔사탕을 주며 아이를 달래본다
어디로도 갈 수 없는
아이를 따라 나도 젖어 아이의 울음으로 점화된다
지는 해는 언제나 붉어서 수숫대에 핏자국을 묻힌다

어미가 없다
불 꺼진 움막 같은
어디서 밥냄새가 난다 배는 고프지 않고 혀가 말려들어가던 날
손가락만 길어져서

몸안에서 비가 내린다 아무리 달래보아도

비는 멎지 않고
밤마다 아이의 등에는 혹이 자란다 울음이 밀어올리는 붉은 꽃대 같은

오늘도 아이는 네 살
목이 쉰 빗줄기는 몸안에서 울고

아이는 돌아보지 않는다 등을 다독이고 머리를 쓰다듬어주어도
얼굴이 없다
눈이 없다
울음만 검은 머리칼처럼 자라는 몸안의 아이는

손톱

먼 곳에서 걸어온 오래 참고 견딘 울음의 칼끝이다
최대한 짧게 밤의 처마를 잘라내야 의심하지 않는다

길게 자란 손톱 아래
새 한 마리씩 잠들어 있다
때론 어린양이 우는 소리도 들려서 심장이 베일 때도 있다

밖으로 뛰쳐나가는 발목을 잡는다
포말로 흩어지는 분노
날마다 숨죽여 우는 너는
초승달이 힘겹게 밀어올리는 너는

조금씩 진군한다
어디서 끝날지 모르는
시시각각 변하는 빛의 표정을 따라
죽은 눈이 그어놓은 경계를 넘는다
수만 번 되풀이한 파도의 격정과 장렬한 최후가 백설로 흩날린다

손톱을 자른다
단두의 악몽에 놀라 사방으로 튀어나간 화살촉
목이 부러지면서도 멀리 날아가 산화하는

내 안에서 우는 새들을 삼킨다
주둥이가 뾰족한, 끝내 뱉어내지 못한 칼들을

옹알이

건너오지 않은 곳에 있다
너는 바깥이다 너에게 없는 11시는 두 그루 나무이거나
한 쌍의 연인이다 그렇게 너는 즐거운 무한이지만

말의 껍질들이 부스럭거릴 때 언어의 가벼운 깃털 하나 껍질 밖으로 삐져나올 때

잘린 혀가 시푸른 나무 이파리가 되어 수런거리는 곳
그곳에 유기된 태초가 있다
고요를 간질이며
이슬방울처럼 숨쉬는

게아재비처럼 물을 건너는 숨결이 있다
아가미 같은 귀로 호흡하는
아직 이곳에 도착하지 않은 심장이 있다

입안에서 자라는 봄풀처럼
입안에서 자라는 당신처럼

상어떼가 바다를 굴리며 놀고 곳곳에서 까르르 웃으며 흩어지는 무한이 번식한다

지구의 끝에는 죽은 말들을 중얼거리는 해변이 있다

몰운대에 서다

기도하지 마라 기도 끝에서 손목이 떨어지고 하늘은 매일 멸망한다 잿빛 어둠으로 씻어낸 놋그릇처럼 어쩌다 밤은 반짝이겠지 배고파 배고파서 철새는 날고 날은 밝아온다 시간의 바깥에서 엉겅퀴가 피어 혼자 흔들린다 민둥산 능선의 억새, 저 환한 고요는 누가 세워놓았나 어느덧 해는 지고 갈 길 서두는 어둠뿐이다

잊지 마라 살려달라고 살려달라고 애원하지 마라 이미 지구는 눈감은 지 오래여서 발가락이 부서지고 아침 입술이 낙과처럼 짓이겨진다 남몰래 새벽을 훔쳐 달아나던 나는 지금 처형장으로 끌려가는 크고 둥근 저녁해다 이곳에 없는 이곳은 우리의 미래, 나는 가고 있지만 가지 않는 것이고 불 밝힌 집이지만 집이 없는 것이어서

오늘도 몰운대에 선다 벼랑 앞에서 눈동자는 절벽으로 세운 밤이 되고 언제든 뛰어내려도 몸속의 허공은 부서지지 않는다 그날 밤 서른다섯 젊은 가장이 투신하였다 허공이 놀라 쳐다보는 사이 지는 나뭇잎이 한마디 던진다 지나간 백 년이 다시 온다 지나간 천 년이 다시 온다 재앙처럼 오랑캐처럼 다시 온다 언제든 바람은 불고 쓸쓸히 해는 질 테지만 안녕, 또 안녕이라고 말하지 마라 이곳은 여전히 이곳이 아니어서 다른 계절의 노래를 부르는 것뿐이니

동물성

날벌레 같은 비가 내렸다 나는 손바닥에서 파초잎이 무성하게 자랄 때까지 앞을 보지 못하였다 구두 밑창이 터지고 목구멍에서 죽은 햇덩어리가 튀어나왔다 온종일 방에서 나오지 않았다 자판 위에서 뛰고 있던 심장이 나를 불러 세웠다 공중은 아무것도 믿지 않았고 대답하지 않았다 종교란은 늘 비어 있었지만 어디선가 꽃들이 자라고 있다고 믿었다 살아야 하는 날들이 발음되지 않았다

오래 들여다보던 사람이 머리 검은 짐승이어서 비가 내렸다 그는 여러 날의 아침과 저녁을 부인하였다 사람이 보이지 않아서 나는 밤이 되었고 공중의 빈손을 이해하였다 신이 죽지 않아서 나는 복수초로 살아남았다 가장 확실한 것은 틈새였다 가까워질 수 없는 사이로 비가 내리고 바람이 불었다

낯선 길을 혼자 걸어가는 유기견이 보였다 가끔 뒤도 돌아보았으나 내처 앞만 보고 걸어갔다 어디쯤에서 멈출 것이고 해가 질 테지만 길바닥에 떨어져 죽은 새가 몇 조각 뼈로 밤의 지문을 새겨넣을 것이다 위조된 사문서의 얼굴로 밤은 다시 돌아오고 빈 의자에 앉아 허수아비처럼 웃거나 식은 찻잔 옆에 조화 한 송이 내려놓을지 모르겠다 내 안으로 날아든 새가 깜짝 놀라 삼킨 아침을 토해내는 날 나는 가장 어두운 심장에 박혀 있는 청명이었다

유령들

구석에 있는 그림자는 입이 너무 커서 입이 없는 것 같아
아니 온몸이 입이지
언제나 아무 소리도 들리지 않지만

발자국 소리도 없이 오가는 것
잘 길들여진 포로들 같아 가끔 눈만 멀뚱히 뜨고 담장 밖을 바라보고 있는

여긴 왜 이렇게 조용하지?

한없이 길고 낮은 조곡
굴뚝에서 천천히 빠져나가는 검은 연기처럼

아직 이곳에 도착하지 않은 계절

온몸이 시커멓게 타버린 그림자가 담장을 넘고 산을 넘는 곳
이튿날 아침 맞아죽은 짐승이 새벽어둠처럼 끌려가는 곳

우리 얼마나 더 가야 해?

터진 구두를 덜거덕거리며
목소리도 없이

계단과 아코디언

즐겁게 계단을 불어요
5층에서 1층까지 당신의 삶은 언제나 유예중이지요
원리주의자의 심장처럼 가파른 계단입니다

곳곳에서 거친 숨을 직역하는 밤들이 대륙처럼 커져요

달아나지 못하는 기둥을 비틀어보고 현관 거울에 오리 몇 마리 풀어 길러보세요

우르르 부서져내린 갈비뼈 사이에 묻힌 붉은 꽃들을 연주합니다 계단이 자랍니다 악사의 손끝에서 계단은 늘었다 줄었다 합니다 그때마다 하늘이 크게 심호흡을 하고 깃털 같은 눈발이 날립니다

크게 숨을 들이마신 계단이 주르르 펴집니다 1층과 5층이 사라지고 평균율의 밤이 와서 식탁에 둘러앉습니다

연 꼬리를 따라 하늘로 올라가는 계단이 보입니다
집은 노래 위에서 출렁거리고 몸이 가벼운 오리가 천천히 계단을 삼키는

이곳은 계단을 꾸욱 누르면 오리들이 줄줄이 걸어나오는 비경입니다

발굴

다른 시간에서 무더기로 피어나는 꽃이 있다 독주가 휘저어놓은, 한 치 앞도 분간하기 어려운 미지의 방향에서 너는 온다 너는 좌도 아니고 우도 아니어서 향기의 발걸음으로 넘나들며 이곳과 저곳을 지운다 너의 진로는 없다 새벽 3시는 내가 보이지 않아 죽기 좋은 시간이다 하나둘 자리를 뜨고 나는 다른 시간에 혼자 앉아 있다 반딧불이 날아가는 곳을 따라가다보면 나는 여러 번 죽었다 살아난 것 같다 나는 비로소 발광한다 여기가 어디냐고 묻기도 하지만 나는 다른 시간의 행성에 와 있다 모든 건물이 부서지고 차도가 사라지고 신호등이 꺼지고 지하로 내려가던 계단을 밟고 하늘로 올라가는 어디쯤에서 한 번도 본 적 없는 꽃들이 터진다 새벽별을 따라 내가 지워져서 내가 환하게 보이는, 피투성이 아침은 그렇게 오지만 낯선 시간은 사라져 돌멩이 안에 숨는다 망치로 정수리를 맞고 가늘고 짧은 눈빛으로 세상 밖을 일별하는, 미명의 다른 시간, 다른 눈이 거기 있다

오역

히아신스를 번역하는 일로 일생을 보낸 늙은 학자의 머리칼을 누가 번역하나 몸을 번역하여 끄집어내는 머리올은 가늘고 긴 백색의 문장, 아무리 살펴봐도 글자 하나 남아 있지 않은

구름에 복무한 몸은 지워지고, 천둥 번개를 삼킨 공중과 히아신스를 잡고 있던 손가락은 어디 있나

히아신스가 있긴 있었나 상가를 다녀온 날 검은 머리카락이 평생 중얼거린 말을 한 줄로 요약하는 거미를 본다 흰 거미줄에 이슬방울 하나 걸어놓고 어딘가에 크고 둥근 세계가 있다고 몸을 흔들면서

얼음을 따라가다 종점 근처에 빈 막대기로 서 있는 아이처럼 얼음은 어디에도 없고, 매미 우는 소리에 뜨겁게 달구어지는 햇살은 또다른 오역, 오역의 눈부신 한때였나

히아신스는 히아신스를 떠나고, 늙은 학자의 몸을 번역한 최종본은 소나무숲을 덮은 적설, 솔잎에 얹힌 눈의 무게만큼 밤은 왜 무거워지나 한쪽 눈을 찡그리고 봐도 토씨 하나 보이지 않는

알코올 천사

항아리의 물이 반쯤 줄었다

아닌 건 아닌 거지요

꽃들이 몸을 닫을 무렵이었다

물이 항아리를 지우는 동안

미지의 공기에 입술을 적시는 불꽃

알코올의 절반은 가벼운 날개여서 가둘 수 없듯

아닌 건 아닌 거지요

항아리의 물이 더이상 물러날 곳 없는 바닥을 일으켜 세웠다

사방에 안개를 풀어

해거름의 마른 어깨를 어루만지는 가을

닿을 수 없는 곳이 있어 밤마다 맑은 날개가 돋는다는 천사처럼

가수 요조

이곳에 없는 눈송이로 허공의 기분을 이해할 때 나는 떨어진 꽃잎을 주워 심장 속에 넣는다 불의 살점들이 낭자하여 발 디딜 곳이 없다 아직 오지 않은 아침은 아침이 아니어서 구부러진 밤의 허리가 펴지지 않는다 눈물 대신 휘파람을 불어주세요 잠시 몸밖에 나가 있게요 휘파람 속에서 부서진 팔다리를 수습하고 동생의 눈을 감겨줘야지요 허공을 두드리면 돌덩이 같은 허공이 깨어나 없는 혀로 말을 한다

풍경들이 중얼거리는 바람의 속엣말들을 알아듣는다 가을이 가고 겨울이 가고 다시 봄이 돌아올 때까지 꽃과 나무들은 지상에 없는 말들을 다국적어로 통역한다 피처럼 감춰져 있던 감정과 기분들이 색색의 무늬로 피어나고, 방언이 터지듯 내 손은 여러 개의 깃발로 펄럭여 공중에 흩어져 있던 무명의 노래들을 만진다

휘파람 속에는 사고 경위서가 없다 그날 아침에 빌려 입은 옷이 없다 눈물 밖에서 간신히 걸어다니는 여름이 있고, 미처 얘기하지 못한 말들이 이슬비로 날리다 한숨 같은 안개로 끝을 흐린다 혼자 걷다보면 단문의 죽음은 완성되고, 미지의 꽃들이 가문 땅을 뚫고 나온다 늦은 밤 몇몇이 휘파람 불며 골목 안으로 사라질 때 목련은 무명천을 벗기고 생살의 죽음을 찢을 것이다

3부

악기

나는 노래를 가지러 왔다 빈 그릇에 담긴 것은 다 식은 아침이거나 곰팡이 핀 제삿밥이었다 콜로세움의 노인도 피렌체의 돌계단 아래 핀 히아신스도 다시 보지 못할 것이다 다시 보지 못한다는 것은 유적의 차가운 발등에 남은 손자국만큼 허허로운 일이나 한 번의 키스는 신화로 남아 몇 개의 문장으로 태어났다 불꽃의 서사는 오래가지 않아서 가파른 언덕을 삼킨 저녁의 등이 불룩하게 솟아올랐다 나는 노래를 가지러 왔다 지상의 꽃들은 숨쉬지 않았다 눈길을 주고받는 사이 골목은 저물고 나는 입 밖의 모든 입을 봉인하였다 여섯시는 자라지 않고 서쪽은 발굴되지 않았다 삽 끝에 부딪는 햇살들이 비명처럼 날카로워졌다 흙과 돌 틈에서 뼈 같은 울음이 비어져나왔다 오래전 죽은 악기였다 음악을 놓친 울림통 안에서 검은 밤이 쏟아져나왔다 나는 다만 노래를 가지러 왔다

고리

그때도 그랬다고 첨탑이 벼락을 삼키고 자라는 것을 몰랐다고 고양이가 된 노래처럼 주둥이가 검은 시간은 조금도 달라진 것이 없다고 그래서 모를 것이라고 나는 오래전 사라져 보이지 않는 시대라고 누군가는 울고 누군가는 소리치는 벼랑이라고 한 장의 유서가 밝히는 밤의 내력을 아느냐고 나는 아직 봉포항이라고 거문도 앞바다라고 시간 밖에서 부는 휘파람이라고

그때도 그랬다고 인간은 인간을 넘어서지 않는다고 시간은 사기라고 혁명은 한 번도 없었다고 잠시 눈감고 지나간 불우한 연애였다고 왜 밤은 아직도 자살하지 않느냐고 죽은 이가 부르다 만 노래는 바위 속에서 깜박이는 촛불이라고 몇 번을 더 죽어야 죽지 않겠느냐고 몇 번을 더 살아야 눈보라 밖에 서 있는 당신의 아침을 아침이라고 부를 수 있느냐고

그때도 그랬다고 병과 전쟁이 끌고 다니던 거리에서 노인은 죽어가고 아이들은 전염병처럼 태어나고 덜그럭거리는 팔다리는 매일 봄을 결심하며 낮과 밤을 이어가고 향수와 꽃들은 모르핀처럼 스미어 어느 날의 추억으로 일렁이고 청년은 불구의 시간을 짓이기며 붉은 펜으로 가을의 통증을 흘려 적고 하늘은 꽃피지 않는 꽃이라서 이곳에 없는 기후를 밀조하여 하늘을 건축한다고

끝나지 않는 계절

노란 나비떼가 모여 있다

수백 년 걸어온 이야기들
바닥에 펼쳐놓은 당신이 못다 한 말들이 내 안을 휘돌아나간 노란 숨결임을 안다 돌아보면 잠깐 사이 당신은 다녀갔다 수없이 살과 뼈 속에서 지었다 피는 맥박처럼

어딘가에 당신이 놓고 간 아침이 있다
도무지 자라지 않는 콜라병 같은
그 안에 갇힌 휘파람 소리 같은

나는 오래 누워서
노래의 끝까지 더듬거리며 간다
수만 마리 나비떼
바람에 우수수 날아오는

저것이 어느 왕조의 황금빛 표지이고
죽은 어미의 따듯한 눈빛이었음을

갑자기 생각난 듯 바닥에 있던 나비 한 마리 날아오른다

콜라병이 깨지면서 사방으로 흩어지는
독설 같은 저녁과 아침이 만나고

백 년 전 골짜기에 깜박 놓고 온 보따리
보랏빛 수국 한 송이로 부푸는 동안
은행나무에 기대어
한 발자국도 움직이지 않고 수백 년을 오가면서

표정 한번 바꾸지 않는 은행잎처럼
몸안에 끝 모르고 흐르는 수맥처럼

알코올

남몰래 흐느낀다 너는
입도 입술도 없이

보이지 않아서 더 아픈 때가 있다
아무 말 못하고 혼자 숨어 우는
사람이 있다
자작나무의 얼굴로
물안개의 젖은 숨결로

밤이 깊어 너의 입술에 도달한 차갑고 뜨거운 속엣말들이
치자꽃처럼 핀다
흰 달빛의 표정으로
어디에도 없는 너는
얼굴을 지우고 머리칼을 지우고
말의 가장 먼 바깥에서 은밀히 휘발하는 비애처럼

소리를 죽이고
마음의 색깔도 지우고
이제는 다 놓아버린 물의 감정들
오직 투명함으로 너는 조용히 일어서서 걸어간다
이슬의 어깨가 파르르 떨고
공기의 입술에 얹어놓은 이름이 휘파람처럼 사라지는

아무도 모르는 곳
물 밖의 어디 먼 곳에 물의 신전이라도 있는 듯
맑고 가벼운 날개, 파아란 눈빛 하나로 찾아가는
아스라이 먼
모든 슬픔의 정결한 성지
가슴 한쪽 없는 이들이 그림자를 끌고 혼령처럼 찾아가는

경주

무덤이 보이는 방에서 여자는 자기 그림자를 바라봅니다
아무 소리도 들리지 않아서 몸속을 빠져나간 그림자는 알은체를 하지 않습니다

방안을 들여다보던 햇살들
자주 목이 말라 까맣게 타버린 쌀알 같은
악몽이 되겠습니다 익숙하게
익숙하게 검은 밤이 되었습니까?

오래전 어디서 본듯
어린 여자애가 거울처럼 웃다가 호수가 됩니다
순식간의 은유에 새들이 놀라 날아오릅니다

황남빵 가게를 지키고 있는 사람은 이미 죽은 자인데
가게 이름도 죽은 이름인데
나 혼자 환한 달빛이어서
보지 말아야 할 것을 보고 맙니다

눈앞의 보도블록과 꿈이 내통중입니다
어제와 오늘이 뒤섞여
죽은 이의 손을 잡고 웃다가 천마총을 놓칩니다

무덤이 가득한 입안에서 들은 적 없던 말들이 쏟아지고 돌

아앉은 금요일이 갈 곳을 기웃거립니다

그림자가 웅얼웅얼 몸이 사라진 방향을 가리킵니다

푸른 늑대

입술에 얹어놓은 한 줌의 노래가 이끄는 내일이 있다 인간의 마음에서 피지 않는 꽃이라고 부른다

돌 위에서 짓이겨진 봉숭아의 여름이 너의 손톱으로 건너가는 동안

아무것도 믿지 않는
너는 다른 꿈에 닿아 있다
굴광성 식물이 그려나가는
푸른 별들을 나침반 삼아 혼자 떠도는 차가운 휘파람이다
인간의 눈에서 가장 멀리 떨어져 칼끝을 뛰어다니는

달콤한 잠과 초록의 덤불이 향기로운
울타리 안
네가 평생 물어뜯은 밤이 있다

너는 오늘밤도 어둠의 등줄기 타고 내달리며
날카로운 송곳니로 북극의 얼어붙은 달을 부술 것이다

오직 몸 하나 남아
바위 꼭대기에 혼자 서서 길게 우는
아직 가야 할 곳이 먼 떠돌이별

칼끝과 칼끝을 날아다니며 한곳에 머물지 않고, 순간, 순간 마음의 정처를 버린다 죽은 그림자를 걸친 지구의 어둠을 찢고 우뚝 솟은,

힐끗 돌아보며 차갑게 웃던

불광천

조등처럼 서 있는 백로가 어둠의 한 방향만 바라본다
불 꺼진 시간의 흙벽에 구멍이 뚫리고 그 너머 오래전 지나온 자궁
다만 그렇게 컴컴한 적막이다

목이 긴 여자가 제 몸을 조용히 몸속에 구겨넣는다 새가 새를 지우고 한 그루 나무로 진화하는 비애 지금 어디쯤일까 당신은

얼굴을 가린 물은 아무것도 말하지 않고 흘러가는
밤의 심중
검은 울음이 천변의 억새 덤불로 밝아져 꽁지 흰 새로 날아오르거나
떠나지 못하고 물속에 뿌리내린 시린 마음이거나

소주병과 뒹구는 한 남자의 밤이 있다 죽음 가까이서
억새의 뼈를 쪼개고 나온 빛으로 밤을 통과하는 물
벤치에 앉아 백로를 바라보던 남자가 백로 안에 들어가 잠든다
가끔 퍼덕거리며 날기라도 하는지
헛손질 헛발질을 하면서

사라진 한쪽 얼굴을 지우지 못하고 매일 태어나는 달

구름을 억새로 번역한 불광천은 날아가지 않는다

서쪽의 집

바람이 빈집을 몰라보고 그냥 지나갑니다 떨어져나간 문짝도 깨진 유리창도 바람의 발목을 잡지 않습니다 동서남북 통달하여 어디로든 몸을 내줄 자세입니다 주저앉아 명상중인 빈집은 이미 제 몸을 잊은 지 오래입니다 해변에 죽은 갈매기처럼 비밀이 빠져나간 무덤입니다

심장처럼 타오르던 아궁이도 꺼지고 쿵쿵거리며 뛰던 마루도 저녁처럼 주저앉아 저물고 있습니다 여보세요? 간신히 벽에 붙어 있던 가족사진이 툭 떨어집니다 아무도 아프지 않은 지금입니다 적막이 놓아 기르던 생쥐 몇 마리 찍찍거리며 다시 적막 속으로 들어갑니다

다 보고 있었다는 듯 누군가 웃고 있습니다 상하지 않았습니다 이목구비 또렷하게 벽에 등을 기대고 있습니다 여러 해 몸안을 들락거렸을 사람들을 지우고, 오래전에 귀먹고 눈먼 거울이었습니다 마침내 다 놓아버린 육탈이었습니다

구석을 읽다

여럿이 죽었으나 아침이 왔다 숨어 있던 구석이 화들짝 놀라 날아올랐다 구석은 남몰래 태양을 회임한 부족이다 온몸에 먹칠을 하고 부러진 창 하나 움켜쥔 그는

구석은 최후의 방어 진지이며 궁벽한 외지의 매서운 슬픔이다 쇠창을 끌어안은 그가 외진 구석을 취한 것인지 외진 구석이 그를 취한 것인지 길바닥에 굴러다니는 불쾌한 낙엽들이 난상토론중이다

구석은 저문 가을과 더불어 진화하고, 날지 못하는 광장을 향한 쇠창의 눈매가 날카로워진다 철조망 바깥에서 손을 내미는 난민의 배고픔처럼 뼈만 남은 11월 아이의 울음처럼

구멍에서 나온 죽음은 구멍으로 수거되고 여럿이 죽었으나 죽지 않은 8시만 살아 돌아와 창밖에서 말한다 너희가 보는 태양은 하늘에서 오려낸 심장이라고 너희가 눈감고 있는 동안 죽음은 다시 시퍼렇게 자라서 너희를 겨누는 창이 된다고

아무렇지 않게
부서지지 않은 8시가 돌아오듯

동굴이 견디는 법

와이토모 동굴은 혼자 삽니다 칩거한 지 오래되어 산들도 그의 정체를 알지 못합니다 검은 털이 이끼처럼 자라서 자칫 그를 크로마뇽인으로 오해할 수도 있습니다 컹컹 소리를 질러도 동굴은 대답하지 않습니다 귀먹고 눈먼 독거노인 같습니다

그의 몸안으로 들어갑니다 나는 머리를 숙이고 몸을 웅크립니다 태아가 되어갑니다 아무것도 보이지 않지만 다 보입니다 동굴은 오래전 몸을 놓은 낯익은 여자였습니다 뒤 따라오던 아이가 조용히 엄마를 부릅니다

이곳은 밤만 삽니다 지하의 단칸 셋방처럼 어둠을 주식으로 합니다 기억하시나요? 모든 불우는 제 몸을 뜯어먹고 산다는 것 동굴은 살과 뼈를 녹여 돌멩이 같은 꽃을 피웁니다 지지 않는 힘센 꽃들이 다투어 솟아납니다 지금도 뚝뚝 떨어지는 것은 오래 참고 견딘 맑은 어둠입니다

동굴에 뭇별들이 사리처럼 떠 있습니다 지상에서 사라진 유성들이 모두 모여 반짝입니다 외계와 내통한 것이 분명해 보입니다 사람들은 암벽에 붙어 있는 반딧불이라고 부르지만 고생대의 음악 속을 떠도는 멸종되지 않은 멜로디입니다 어둠을 끌고 동굴 밖으로 걸어나가는 당신은 갓 태어난 원시인입니다

곡두

얼굴 붉어진 백일홍의 마음을 만지고 가는 손은 누구인가요? 물거울처럼 이제 눈 좀 떠봐요 댓돌에 앉아 젖은 그림자를 봄볕에 말리며 조속조속 조을던 곳 내 사랑 무성한 한나절 우리 둘이 몰래 숨어들던 골목 다 지우고 이제 보이나요? 내 안의 당신은 아직 스무살, 배추흰나비 나를 간질이는 해질녘이었지요 눈 한번 감았다 뜬 사이 당신이 다녀간 줄 모르고 집 앞에 서서 애꿎은 싸리나무만 툭툭 분지르고 있었지요 무릎에 앉았다 날아가는 늦가을, 명부(冥府)의 어느 어름인지 짜울짜울 졸음이 오네요 거긴 아직 비 내리고 눈 내리나요? 당신의 잠 속에 낯익은 목소리가 민들레 꽃씨로 나는 게 보여요 볕이 좋아 향기로운 뜨락에는 당신이 놓고 간 계절이 있어요 아직도 누군가 몰래 들어가 혼자 살고 있는

감자가 있어요

사슴뿔 같은 푸른 왕관을 쓰고 있던 이의 마음이었나요

갈아엎은 감자밭

벌거숭이 여자가 가랑이 벌리고 누워 있는 긴 도랑

이를 악문 당신의 노래는 언제나 몸안에서 실패하고, 구름 몇 잎 뜯어내어 밤의 입술을 닦아보지만 컴컴한 광석처럼 다만 검정을 견디고 있는 것

젖은 흙에 박힌 감자 몇 알

겁에 질린, 팔레스타인, 포탄 속의,

그곳에서 이곳까지 우거진 웃음이었던 이제는 오지 않은 시간 속에 봉인된

가방 안에 가득한 돌멩이를 날려보내요 힘껏 꽃의 심장을 던져요

걷다가 돌아보면 여전히 이곳이지만
이곳에 없는 아이들의 검은 이름을 불러보는 저녁

손톱에 박힌 그믐달을 물어뜯으며
발음하기 어려워 혼자 뾰족해지는 송곳니 같은

어느 날의 고백

깨진 유릿조각에 저녁의 손을 베인 적이 있다

조금만 더 견뎌보자던 가을의 이파리들이 우수수 떨어지고
핏물 밴 손수건에 붉은 채송화 몇 잎

여러 번 팔다리를 잘라
밤의 주머니 속에 구겨넣었다
온몸으로 부딪쳐 깨진 햇살들
낱낱의 감정들이 얼어붙은 서릿발

월요일부터 금요일까지 머리를 내젓다 외로 꼬인 나뭇가지가 연 꼬리 하나 붙잡고 퍼덕거린다 흰 꼬리를 타고 흘러내리는 달빛이 성에로 얼어붙고, 유리창에는 혼자 부르던 노래의 성문(聲紋)이 새겨져 있다

몇몇의 희미한 무늬를 들여다보다 슬며시 녹아 사라지는 표정들을 본다
온전히 지워지기 위해 간신히 남아 있던 것들
죽은 빛들이 남긴 마지막 지문 같은 것들

몇 마디 전하고 싶었던 거다
방울방울 핏방울로 스미어 동서남북 번지고 싶었던 거다
유리창이 저녁 햇살을 끌어안고 몸을 던지기까지

오래 숨죽이고 있던 것들

손수건을 헹구어 채송화를 풀어놓는다
비로소 채송화를 떠나는 채송화
웅얼웅얼 서서히 아득해지는 울먹임처럼

연필

묻는다
오래 숨죽여 가늘게 이어지는 검은 울음이냐고
화석처럼 단단한 눈물이 반짝이는 밤의 골목이냐고

연필에서 새소리가 들린다

가만히 귀기울여보면
고독사라는 말이 까맣게 타고 있다
무연고 묘지 같은 사내의 목소리가 들릴 듯 말 듯

흰 종이 위에
혼령처럼 연필 향내가 남았다

일생이 한 가지 색으로 이어진다
푸른색도 붉은색도 아닌
아니 모든 색을 다 삼켜버린

목관 속에 웅크리고 있던 그가 또박또박 걸어나온다
컥컥 목이 막혀 할말을 잃는
툭툭 부러져 동서남북 갈 길을 놓치기도 하는

울음 끝이 날카로운
심야를 걷는 연필심

고개 들어 창밖 먼 곳을 본다

혼자 걸어가는
밤비가 멈추지 않는다

북촌

그곳은 없다
방망이로 등을 두드리던 물장사꾼도 인력거꾼의 땀에 전 무명 수건도

목을 그어 자결한 독립투사의 칼끝 같은 짧은 생을 전하며
아주 오래전 종이담배를 말아 피우던
골목 안 구름의 식솔들

저무는 한옥은 쓸쓸한 서정시처럼 남아
줄지어 오는 기러기떼에게 아궁이에 남아 있는 잔불의 살점을 떼어준다

북촌에는 이제 북촌이 없고
숨을 곳도 잠들 곳도 놓친 발등만 바라보며
11월처럼 계동 언덕에 서 있다
굳이 북촌을 한자로 옮겨 적을 이유는 없지만
목판에 오래된 어둠을 짓이겨 새겨넣는다

늙은 한옥들은 지붕의 기와를 벗겨내고 흙먼지 뿌옇게 연막을 친다
수백 년 잠들어 있던 용 한 마리 허공을 치며 날아오를 듯
이제 가야 할 때라고
비늘을 다 뜯어내고 알몸 하나로

공중 깊숙이 몸을 밀어넣는
속이 검게 탄 동굴
하늘로 솟구쳐오르는 검붉은 용 한 마리 본다

어느 날 그리운 이름으로 호명할
내 오랜 기억 속 북촌
내가 떠나기 전 먼저 떠난
다시 부르지 않을 옛 노래 같은

4부

모르는 길

가끔 내가 보이지 않을 때
매일 죽는 마음이 자욱하여 숨이 막힐 때

문득 돌아보면 대답이 없는 아침
출렁이는 물결 사이로 희뜩희뜩 사라지는 것들

하늘 어디엔가 있을 거라는 평안과 자유
죽은 삭정이 같은 낱말들을 부러뜨리고

오직 여기
동백의 초경에 몸 떠는
황홀과 매혹의 어디쯤이거나
고통과 아우성과 모멸이 뒤섞여 휘몰아치는 난장이거나

제 안의 푸른 피로
밤을 걸어가는 한 자루의 만년필
엎드려 머리 조아리지 않고
직립의 사제
그의 검은 벨벳 옷이 장렬한 최후처럼 눈부실 때

가지 끝 벼랑 위에서 단단하게 여무는 고백들
겁 없이 푸른 목청으로 태양과 맞서는 풋사과

그들의 이름을 기억하며
옥수숫대 긴 이파리를 펄럭이며 하늘을 날 때
그렇게 어느 외진 산모퉁이를 서걱서걱 혼자 걸어갈 때

잔영

새를 연주하다가 손이 얼어붙었다 엎질러진 여자가 바닥에 흥건했다

운명이라는 말이 쓸쓸해졌다
누군가 칼과 총을 들고 왔으나 새가 아니어서 밤이 왔다

나뭇가지들은 고장난 악기였다 부러지는 일만이 최선인
부러진 자리마다 다시 새가 돋아날 때까지

여자는 새와 꽃을 심장에 꽂고 살았다 죄 없이, 죄가 많은 식민지 같은

햇볕이 부족해서 여러 날 비가 내렸다

숨

풍선 속의 공기를 근심하다 숨이 컥컥 막힌다
여기서 분명해지는 오늘의 표정을 본다

내일은 내일에만 있는 것이어서
사랑은 좀더 분명해지고
이름을 부를 때마다
내 옆에 서서 걷고 있는 건물과 키 큰 고욤나무를 본다
어느새 나는 사랑을 잃은 것이 확실하다

터진 풍선은 몇 개의 음표로 흩어진다
네 안에 스미어 물무늬로 출렁일 때까지
오래 서서 기다리던 문밖의 노래가 있다

숨쉬고 싶던 것들
나를 찢고 나와 비로소
풍선 속에 있던 보랏빛 정오의 감정들이 눈을 뜬다
곳곳에 쓰러져 있던
공기의 살점들
공기의 껍질들

저녁의 시간을 증명하는 달맞이꽃 입구에 서서
당신이 모르는 색을 방언처럼 중얼거리는 동안

드라이아이스

눈감는다고 비가 그치는 것이 아니라며 카페 밖으로 걸어 나가는 여자가 있다

몸에 부딪는 빗줄기를 부러뜨리며
우는 것도 웃는 것도 아닌 꽃들도 직진한다

골목들이 줄줄이 뒤로 물러서고 누가 자꾸 옷을 벗는다
조용한 육탈이라고
가장 정직한 몸의 고백이라고
아무도 보지 못한 사이 반쯤 줄어든 돌멩이가 한마디 한다

여자는 빗줄기의 방향과 감정을 안다 서로 몸을 부수며 걸어가야 하는 한 생애를 이해한다 어디선가 다시 손잡고 만날 것이라는 것도 안다 빗줄기가 따뜻해진다 손바닥에 고인 빗방울을 가만히 보면 오래 글썽이던 눈동자다

여자가 보이지 않는다
빗줄기도 보이지 않는다

한 줌의 뜨거운 사랑이었던
한 줌의 차가운 죽음이었던

비 그치고 물안개 날아오른다 여자도 빗줄기도 사라지고

골목 끝 카페도 없다 처음부터 소유주도 등기부도 없는 오래된 공터였다고 한다 늙은 저녁이 술 취해 중얼거린 희미한 옛사랑이었다고 한다

지하생활자의 수기

땅속에 웅크려 살면서 몸밖으로 날개를 밀어내는
부족이 있다

한 번도 날아보지 못한
무장무장 날개만 자라는 당신이 있다
소리가 들리지 않는 악보 같다
공중에 기어오르지 못하고
땅 위를 기어가며 초록의 음표만 그리고 있는
마이너 악사들

온몸으로 견디다가 등이 터지고
때론 깊게 파인 칼자국
그 틈새로
몸속에 내장한 푸른 전파를 쏟아내어 하늘의 성운과 교신한다

울퉁불퉁한 울음의 덩어리
저 부족은 땅에 묻혀 있는 조류가 분명하다

몸밖으로 흘러나오는 동그란 날개들
넝쿨로 이어진 고구마밭의 긴 고백을 듣고 있던 귀가 자라서
매장의 어두운 기억 너머

꽃이 시작되고
이랑마다 묻혀 있던 새들이 날아오르는 날

늦게 도착한 꽃들이 당신의 하늘을 새로 그리기 시작한다

불가능한 사과

사과는 사과를 완성한 것 같아
저것 봐
붉고 푸른

그러나 가까이 갈수록 보이지 않는
사과

사과의 행방을 모르는 사람들이 개를 끌고 나와 거닌다 튼튼한 줄에 묶인 가을, 컹컹 짖어대는 입속에서 오래전 잊었던 사과가 튀어나온다

다행히 붉고 둥글게 노래하는 사과라고 안심한다

혈액형을 묻듯
사과에게 묻는다

사과는 사과를 몰라서 밤이고
끝내 사과에 도달하지 못한 사과

꽃 속을 무단출입하던 햇살의
뜨거운 혀끝에서 태어나는 무명의 덩어리들
한때 꽃사과라고 불리던
불우의 한때

다시 사과를 부른다
아무도 대답하지 않는다
왼손이 미처 만져보지 못한 왼손의 기분도

북촌 2

종재기만한 여우별이 숨어든 곳

술잔이 부서지고 너의 아침이 보이지 않을 때 풍자는 완성된다 반시대적 몸이다 흐르는 살을 따라가면 가장 낮은 바닥을 기어가는 뱀을 만난다 하늘로 증발한 낭만주의자의 노트에서는 몇 송이의 꽃과 새가 시들고, 시대 밖에서 창궐하는 불꽃들은 두꺼운 구름장을 태우고 죽는다

바닥을 펼쳐보아도 숨기 좋은 골목은 없다
이유도 없이 해가 지고, 누군가 몰수한 햇살들이 땅속에서 지열처럼 들끓고 있다 여러 가지 색깔의 목소리들이 나뭇가지에 매달려 팔락인다

저문 언덕을 안고 비틀거리는 너의 목에 골목이 걸려 있다 죽은 짐승의 꼬리 같은, 더이상 달릴 수 없는 일방통행의 밤 같은

이른 새벽
길바닥에 달라붙어 있는 뱀을 발견한다
흘러가지 못하고
물가에서 죽은 물결처럼 등이 굽어 있는

너는 너의 몸을 빠져나간다

여러 개의 돌멩이가 울화처럼 박혀 있는 공중

부리 긴 새가 쪼아대는 꽃봉오리들이 오래도록 반벙어리
같아서

장흥

한 번도 가보지 않은 장흥을 여러 해 살았다
깊은 골짜기가 밀봉해두었던 고문서
있는 것도 없는 것도 아니었던

나는 낯선 계곡에 발 담그고 있다
내가 살았던 어느 세상의 우묵한 곳 같다
어쩌다 흘러들어와 어리둥절해진 빛들이 그늘 속으로 숨는다

세상에 왔다가 깜박 놓친 것들
새들도 산짐승들도 가슴에 저장하고 오래 살았던 무늬들

날은 어둡고
누군가 몰래 숨겨둔 이곳은
잠시 길을 잃고 나도 모르게 걸어들어온 곳

길바닥으로 기어나온 칡넝쿨이 우연히 맞닥뜨린 몸밖의 풍경

이곳이 장흥이라고 계곡을 흐르는 물이 나직이 중얼거린다
은빛 버들치 몇 마리
우리는 서로 어디서 왔는지도 모르고
몸안의 침묵을 조금씩 덜어내며 그윽해진다

자주 길을 잃어야 가닿는
저무는 계곡을 발견한 빛의 동공이 점점 커진다

눈 어두운 나에게 슬쩍 보여주고 사라진 장흥
산 밖으로 밀려나며 멀어지는 장흥을 꼬옥 움켜쥐고 있지만
움켜쥔 손안에서 파랑새 한 마리 포르르 날아오를 것도 같지만

여름날

운현궁 처마밑에서 불심검문 같은 소나기를 피한다

아직 갈 길이 먼데 길이 죽는다

무직자의 내일 같다
죽은 길을 잡고 처마밑에서 몸을 고백한다
몸은 또렷해지고
죽은 길은 희미해진다
갈수록 거세지는 빗줄기가 길을 끌고 흘러간다

우산 든 몇몇은 걸어가고
우산 없는 몇몇은 처마밑에서 비 그치기를 기다린다
비는 공평해도 공평하지 않은 땅이
오늘의 기침 소리다
한 달 치 생활비처럼 사라지는 길에 발끝을 대본다
철철철 발이 물보다 먼저 무너진다

다시 알량한 처마밑으로 몸을 피한다
최저생계비 같은 처마
점점 앞이 보이지 않는다
북악산을 삼킨 빗줄기는 수만 명의 좀비 같다

서서 기다려도

비는 가지 않고
죽은 길은 캄캄하여 차라리 몸을 던져 뛴다
비의 화살들이 까맣게 날아든다 까마귀떼 같기도 하고
검은 탄환 같기도 하다
파발마처럼 달리는 발밑에서
죽어 있던 길들이 퍼덕거린다

몸을 버린 자리마다 사방으로 튀어오르는
근육질의 길이 번쩍거린다 은모래처럼
흠뻑 젖어도 끝까지 젖지 않는

일인극

어제 혼자 부른 노래가 저녁을 끌고 도착하는 곳마다 뚱딴지꽃이 핀다 나는 힘들다고 말하지 않아서 더 힘든 바위를 이해하는 중이다 그럴 것이라고 고개를 끄덕이며 가문비나무는 줄기마다 길고 오래 누군가를 울고 있는 것이다

사형수의 얼굴이 먹구름 속에서 일그러지는 동안 검은 염소가 새끼를 낳는다 공중의 살이 찢어지고 동쪽의 숨구멍이 열린다 나는 젊어서 죽은 몇몇 시인들을 호명하면서 얼어붙은 달을 녹이고, 죽은 이파리들은 부스럭거리며 입에 문 마지막 말들을 내려놓는다

이제 어디로 가나 갈 곳이 없는 길 끝에서 폭죽이 터지거나 춤으로 타오르는 불길을 보면서 혼자 중얼거리는 밤이 지나가고, 야행성 짐승들이 어둠을 뜯어내며 말한다 무슨 소리냐고 어느 나라 말이냐고 너는 말도 문장도 아니라고 머리도 꼬리도 없는 짐승이라고 야수라고 아주 먼 어느 나라의 입이 없는 독백이라고

새의 기원

여름에서 겨울로 들어왔습니다 농락은 역사의 특권이지만 날아가는 색깔을 아무도 잡지 못합니다 먼 곳으로부터 달려온 빗소리는 죽어가면서 살아납니다 사랑한다는 말은 언제나 제 꼬리를 자를 준비를 하고 어제 마신 샘물은 온몸을 돌아 적도의 풀잎 끝에서 생글거립니다 누군가 자꾸 나의 밤을 훔쳐갑니다 태양 속에는 다리가 셋 달린 새가 살고 나는 손목도 없는데 그의 손을 잡고 흔듭니다

새의 다리가 늘어납니다 빙하에서 깨어난 울음소리가 노을로 흐릅니다 동서남북이 사라지고 밤과 낮이 혼음중입니다 피가 빠져나갈 곳이 없어 지금은 겨울입니다 검은 새가 날아오르고 여자는 얼굴을 지우기 시작합니다 얼굴 없는 여자가 걸어다니는 밤은 이미 중증의 희극이고 태양은 치유되지 않는 질병입니다 이것이 다리가 여러 개인 여자가 돌아오지 않는 이유라고 오래전에 가슴을 닫은 돌멩이가 중얼거립니다

달의 풍속

오래전 죽은 애인이 내 발을 만진다

무슨 말을 하는데 소리가 들리지 않는다

물의 마음만 간절하여 다 보인다 물에서 삼나무 냄새가 난다 삼나무 이파리 같은 물결들이 푸른 비늘을 반짝이며 흘러간다

애인이 동백나무 열매를 따서 준다 주머니가 불룩해진 나는 갑자기 임산부 같다 선암사 목탁 소리에 깨어난 애인의 눈가에 실개천이 흐르는 걸 본 사람은 없다

계곡의 평평한 돌 위에 앉아
발끝에서 타고 오르는 물의 노래를 듣는다
죽은 불을 깨워 나를 일으켜 세우던
싱싱한 생물의 음악들

배가 불러온다
간지럼을 태우던 애인이 가만히 있으라고 한다
시린 발이 웃는다

다시 한 줌의 젖은 모래알을 건네며 만져보라고 한다 가만히 비벼보니 살과 살이, 뼈와 뼈가 아득하게 만나고 헤어

지는 것이 보인다 캄캄해졌다가 맑아지는 피의 표정을 살피던 몸이 범람하여 어느새 만월이다

동백나무 열매가 몸속에서 붉게 익어간다

당신의 리듬

누가 나를 여기에 구겨넣었나
얼음 속에 박힌 버드나무처럼
빼도 박도 못하는
팔의 형식
다리의 형식
어쩌다 여기서 나는

꽃병 속의 꽃처럼
요지부동의 리듬
리듬의 시녀

배도 안 고프고
두 다리 멀쩡한데
나는 밥을 먹어야 하고
다리 없는 사람처럼 착석해야 하고
벌써 몇백 년째
뼈가 기억하는 두꺼운 외투
점점 무거워지는 지루한 외투

살도 벗고
당신도 벗고
당신의 웃음도 벗고
사방으로 번지는 천연의 물결무늬처럼

오직 삭발한 머리통으로 부서지고 싶은

편육 속에 박힌 팔다리
단호하게 깨지지도 않고 흐물흐물 물컹거리다 사각으로 잘리는

누가 나를 여기에 차가운 빗돌로 세웠나
리듬도 박자도 없이 저무는 오후가 되었나

피아노 수도사

바위 속에 오래 노래하지 않은 혀

그러나 지금은
운구하기 어려운 겨울밤
검은 피아노가 있다

한 번도 스스로 몸을 열어보지 못한
봉쇄 수도원

조막만한 발을 달아주었으나
걷지 못한 지 오래

별빛 무성한 스무 살 너머 서른, 마흔, 쉰
강당 구석에서 홀로 늙어가는 수도사
아무도 가까이 다가가지 않아
우는 법도 잊고
노래하는 혀도 사라진

누가 나를 깨다오
부숴다오

귀기울일수록 밝아오는
새벽달 기우는 창가

밤새 늙은 피아노에게 입을 달아주고
말을 걸어준다
바위가 갈라지고
밤이 깨지고
폭풍우와 해일
새들의 지저귐과 아침 햇살 반짝이는 수련

생긋 웃는다
노래의 검은 원석
돌아보니 죽은 하늘을 움켜쥐고 구석에 웅크리고 있던
온몸 캄캄한 그대

조용히 공중을 빠져나가던 마음이 불붙어 타오른다

공갈빵

덫이다

노래를 멈추고 뿔뿔이 흩어지는 햇볕들

아픈 사람이 많은 곳에서 부푸는 하늘처럼
돌멩이 안에 허공을 심거나
바위 안에 허파를 이식하는 일

가끔 공룡알을 줍는다
부화하지 않는
바삭 깨어지면서 태어나는 허공

숨막힌 공중을 풀어놓는다

배고픈 저녁이 부풀 때까지
멀리 가서 익명의 새를 완성하는 동안

부서져 날카로운 허공을 연주하는 날
가끔 끝이 뾰족한 별이 튀어나오기도 하는

나는 조금씩 확인된다
딱딱한 허공의 껍질을 깨는 그곳에서

고백

당신은 아직 거기 있나요? 기타줄은 끊어졌습니다 무덤들이 가볍게 떠올라 보름입니다 곰의 걸음이 빨라지고 냇물도 덩달아 숨이 가쁩니다 혼자 살기 위해서 짐승이 되거나 괴물이 된 자를 용서한 적이 있습니다 혀가 새까맣게 타서 밤을 연주하는 악사는 백야에 닿습니다

녹슨 양철통을 두드리며 계절이 놓고 달아난 잎새를 봅니다 한때 잎새는 신념이었고 푸른 표지였습니다 아는 자는 알고 모르는 자는 모르는 이곳은 호흡과 박동이 대꽃을 피우는 극지입니다 아직 당신을 만나지 못했습니다 지붕 위 연기만 보고도 가슴은 펄럭입니다

깃발을 히아신스 꽃잎으로 옮기는 열애 끝에 당신은 한 떨기 음악으로 태어납니다 알몸에 불을 붙이고 오래 서성이는 동안 혼자 불타고 혼자 꺼지는 들판을 봅니다 봄밤이 오간 자리마다 발을 놓친 발자국만 남고, 봄은 봄을 보지 못하여 목련의 검은 페이지로 페경입니다 당신은 아직 거기 있나요?

해설

바깥의 시

고봉준(문학평론가)

1

홍일표의 시는 우리가 '시'라는 단어를 말하거나 들을 때 머릿속에 떠올리는 '시'에서 가장 먼 곳을 향해, '언어'의 반대 극점을 향해 날아가는 "구름의 문장"(「개곡선(開曲線)」)이다. 시인은 노래하는 존재라는 상식적인 믿음과 달리 홍일표에게 시인은 노래를 '듣는 자' 또는 '읽는 자'이다. 그것은 누구의 노래인가? 누가 노래하는가? '사물'이다. "연필에서 새소리가 들린다"(「연필」)라고 이야기할 때의 '새소리', "꽃과 나무들은 지상에 없는 말들을 다국적어로 통역한다"(「가수 요조」)라고 말할 때의 '통역', "구름을 억새로 번역한 불광천"(「불광천」)이라고 쓸 때의 '번역', 길거리에 떨어진 은행잎 "수백 년 걸어온 이야기들/ 바닥에 펼쳐놓은 당신이 못다 한 말들"(「끝나지 않는 계절」)이라고 말할 때의 '이야기'는 모두 '사물'의 노래를 지시하는 이름들이다. 다만 이때의 '번역'과 '통역'은 의미를 투명하게 옮기는 언어적 재현 과정이 아니라 번역 불가능성을 관통하는 시적 사건으로 이해해야 한다. 이러한 시의 존재론에서 시인은 사물의 음성을 듣고, 읽는 존재가 된다. 홍일표의 시에서 '주체'의 자리에는 언제나 '사물'이 위치하고 있다.

그대는 문자 밖에서 횡행하는 연애입니다 방향도 없고
거처할 처소도 없습니다

한 마리 새가 누군가 마지막으로 내뱉은 비명이듯이 나는 그대의 옷에 붙은 검불이거나 해독되지 않는 기호입니다 저걸 뭐라고 부르지요? 실내에 날아들었던 새가 창문 밖으로 재빨리 빠져나가는 순간 호명할 수 없는 다른 행성의 눈부신 빛이 스쳐지나갑니다

이파리에 잠시 다녀갔던 빛들의 감정이 희미해집니다 붉은색이든 녹색이든 시간의 무늬로 일렁이다 스러진 것들을 따라가면 나는 이름을 부를 수 없습니다 하나의 이름 속에 여러 개의 이름이 붐비고 있습니다 하나의 색깔 속에 여러 개의 색이 뛰놀고 있습니다

문자 밖의 그대가 명료하게 보이는 새벽에 나는 동쪽에 사는 서쪽입니다 수만 권의 책이 흩어져 폭설입니다

—「바퀴」 전문

'주체'의 자리에 '사물'이 위치해 있다는 말은 '시'라는 글쓰기가 시인-화자의 주관적인 감정이나 내면을 토로하는 '고백'이 아니라는 의미이다. 이 경우 '시'는 비(非)인칭, 즉 시인-화자가 사물-대상에 감정을 투사하는 것이 아니라, 시인-화자가 사물-대상에 감응/응답하는 사건 속 그것의 목소리를 듣는 지점에서 시작된다. 문제는 이 사물의 목

소리를 상징적인 질서인 '언어'로 옮기는 일이 불가능하다는 점이다. 이 사물의 목소리를 인간-화자의 관점에서 설명하면 '언어'로 표현할 수 없는 경험이 된다. 시집의 입구에 걸려 있는 "언어가 닿지 못하는 그곳이 멀지 않아/ 다시 이곳에 없는 詩로 걷는다"(「시인의 말」)라는 푯말이 의미하는 바가 이것이다. 시의 존재론에 관한 사유 혹은 시론(詩論)이라고 말할 수 있는 인용 시의 첫 진술—"그대는 문자 밖에서 횡행하는 연애입니다 방향도 없고 거처할 처소도 없습니다"—또한 언어의 불가능성을 고지(告知)하고 있다. 이 시의 사물-대상은 '바퀴'이다. 하지만 '바퀴'의 형상을 찾기는 어렵다. 추측건대 "운명의 수레바퀴는 쉬지 않는다"라는 정약용의 산문이나 바퀴의 중심은 고정되어 있지만 바퀴는 늘 움직인다고 주장한 노자의 글귀에 등장하는 그것, 즉 '바퀴'는 '변화'와 '생성'의 메타포로 읽어도 좋을 듯하다. 시인은 이 '바퀴'를 "문자 밖의 그대"라고 부른다. 따라서 '바퀴'와의 관계는 "문자 밖에서 횡행하는 연애"일 수밖에 없다. 또한 이 '바퀴=그대'에게는 '방향'이나 거처할 '처소'가 없다. 그러므로 '바퀴'는 비유적인 언어, 즉 명료하게 지시할 수 없는 대상을 가리키는, 지시 아닌 지시인 비유일 따름이다. '변화'와 '생성'의 대상은 고정시킬 수 없고, 고정되지 않는 것은 '지시'가 불가능하며, '지시'가 불가능한 것에는 '이름'을 붙일 수가 없다. "나는 이름을 부를 수 없습니다"라는 고백이 바로 그것이다. 이 지시/명명 불가능성을 이해하기 위해 잠시 다른 시를 읽어보자.

눈썹은 가볍고 여린 들창 같은 것
그렇게 말하면 어디선가 혼자 비 맞고 있는
눈물방울 같은 아이

차라리 가시철조망이라고 하자
철조망의 이데올로기라고 하자

눈썹 아래 잠드는 밤바다
격랑과 해일이 잦아든 사이 낡은 구두를 덜거덕거리며
심해를 걷는 사람이 있다
어디서 온지도 어디로 갈지도 모르는
우우 떼지어 몰려다니는 슬픔의 군단이 있다
어군탐지기에 잡히지 않는
글썽이는 방향이 있다

무작정 찾아든 바닷가 민박집
다 잊고 죽은 듯 잠만 잔
관 속의 사나흘
긴 눈썹 아래 오래 젖어 뒤척이던 날

해안가 가시철조망을 바다의 눈썹이라고 부르며 걷던

저녁이 있다
가늘게 흐느끼는 모래알의 아득한 울음 끝
눈물의 어깨를 가만히 감싸주던
몸안에서 돋아난 여러 올의 빗살무늬

눈썹은 때론 광물성
생의 지각을 뚫고 나온 한 마리 그리마처럼

—「눈썹」 전문

이 시에서 화자는 '눈썹'을 비유적으로 표현하고 있다. 그는 '눈썹'이라는 명사 대신 "가볍고 여린 들창 같은 것"이라고 말한다. 여기에서 '~ 같은 것'이라는 구문은 비유이니, 그것은 "문자 밖의 그대"나 "어군탐지기에 잡히지 않"는 '슬픔'의 '방향'을 '문자'로 표현/포착하는 유일한 방법일 것이다. 생(生)의 구체적인 감각은 이미-항상 '언어'를 초과한다. 예컨대 비유는 우연히 실내에 날아든 새 한 마리가 "창문 밖으로 재빨리 빠져나가는 순간"에 경험한 "호명할 수 없는 다른 행성의 눈부신 빛" 같은 "해독되지 않는 기호", 식물의 이파리 위에서 "붉은색이든 녹색이든 시간의 무늬로 일렁이다 스러진 것들"의 존재처럼 감각할 수는 있으나 "이름을 부를 수 없"는 사태를 이야기할 수 있는 발화 방식이다. 그것은 명명/지시하지 않고 환기한다. '명사'의 지시 기능이 사물-대상을 고정화한다면, 비유는 사물-대상을 역동적인 '변화'의 소용돌이 속에 풀어놓는다. 「바퀴」에 등장하는 "하나의 이름 속에 여러 개의 이름이 붐비고 있습니다 하나의 색깔 속에 여러 개의 색이 뛰놀고 있습니다"라는 진술은 정확히 사물-대상을 잠재성이 들끓고 있는 세계, 변화와 생성, '신생'의 에너지를 함축하고 있는 상태 그 자체로 경험/표현하려는 시인의 의도를 반영하고 있다.

'비유'는 지시/명명하지 않고 환기함으로써 하나의 사물-대상을 복수적인 유동성의 상태로 데려간다. 비유의 세계에서는 하나의 사물-대상이 무수한 사물-대상으로 변신하고, 정체성의 계기적인 연쇄에서 벗어나 시공간을 횡단하는 시적 사건이 발생한다. 그 세계에서 '눈썹'은 "눈물방울 같은 아이"가 되고, "가시철조망"이나 "철조망의 이데올로기"가 되기도 한다. 이처럼 비유의 법칙에 따라 '눈썹'이 '가시철조망'이 될 수 있다면, 반대로 '가시철조망'이 "바다의 눈썹"이 되는 것 또한 불가능하지 않다. '비유'의 세계에서 펼쳐지는 사물-대상의 변신은 여기에서 그치지 않는다. "눈썹은 때론 광물성/ 생의 지각을 뚫고 나온 한 마리 그리마처럼"이라는 진술처럼 '비유'는 사물의 견고한 정체성을 허물어뜨림으로써 사물-대상을 '신생'의 에너지가 충만한 상태로 되돌려놓는다. 이 때문에 시의 언어는 이미 존재하는 언어, 즉 의미와 정보를 실어 나르는 도구적인 기호와는 다른 층위에서 사유되어야 한다. 「바퀴」의 화자가 "문자 밖의 그대가 명료하게 보이는 새벽에 나는 동쪽에 사는 서쪽입니다"라고 말할 때, 그것은 "문자 밖의 그대"가 '문자'로 지시/전달될 수 없다는 의미이다. 일찍이 철학자 하이데거가 '본질적 언어'를 일상생활에서 통용되는 도구로서의 언어와 구별하여 존재의 언어라고 정의하고, 존재의 언어를 존재로부터의 말 건넴(Zusage)이라고 규정한 이유도 여기에 있다. 본질적인 언어의 세계에서 '동쪽'은 '서쪽'일 수 있다. 그것은 "수만 권의 책이 흩어져 폭설"이라는 비유처럼 일상적 '언어'가 도달할 수 없는 세계이다. 철학자 하이데거였다면 시인의 이러한 역할을 언어의 요구, 즉 '말 건넴'에 자신을 내맡기는 것이라고 말했으리라.

2

사물과 세계의 말 건넴은 상징적 질서인 '언어'의 바깥에서 도래한다. 시가 "언어가 닿지 못하는 그곳"(「시인의 말」)을 향한다는 시인의 고백은 결코 과장이 아니다. 시 쓰기의 본질적 문제는 상징적 질서로서의 '언어' 이외의 언어를 지니고 있지 않은 존재가 그 질서의 '바깥'에서 들려오는 말 건넴을 상징적 질서로서의 '언어'로 표현해야 한다는 불가능성에서 발생한다. 시는 언어의 길이 끊긴〔言語道斷〕 이후에 시작되는 새로운 길, 즉 '비(非)-언어'이다. '비-언어'는 언어이면서 언어가 아니다. 언어적 질서의 내부에 있지만 그 질서의 규정을 받지 않는 언어, 그리하여 이미-항상 '언어'에 미치지 못하거나 그것을 초과하는 언어가 바로 '비-언어'이다. '비-언어'는 언어의 길이 끊어진 이후의 시 쓰기가 경험하게 되는 절망감의 표현이자, 안정적인 '의미'를 숭배하는 기존의 언어와의 단절을 통해 생성되는 새로운 언어에 부여되는 이름이다. 이러한 절망감은 시 쓰기에 관한 한 가지 진실을 개시(開示)한다. 시를 쓰는 순간, 시인은 일차적으로 '언어'의 세계에서 추방된다는 것(또는 스스로를 그 세계로부터 추방한다는 것)이 그것이다.

가끔 내가 보이지 않을 때
매일 죽는 마음이 자욱하여 숨이 막힐 때

문득 돌아보면 대답이 없는 아침
출렁이는 물결 사이로 희뜩희뜩 사라지는 것들

하늘 어디엔가 있을 거라는 평안과 자유
죽은 삭정이 같은 낱말들을 부러뜨리고

오직 여기
동백의 초경에 몸 떠는
황홀과 매혹의 어디쯤이거나
고통과 아우성과 모멸이 뒤섞여 휘몰아치는 난장이거나

제 안의 푸른 피로
밤을 걸어가는 한 자루의 만년필
엎드려 머리 조아리지 않고
직립의 사제
그의 검은 벨벳 옷이 장렬한 최후처럼 눈부실 때

가지 끝 벼랑 위에서 단단하게 여무는 고백들
겁 없이 푸른 목청으로 태양과 맞서는 풋사과

그들의 이름을 기억하며
옥수숫대 긴 이파리를 펄럭이며 하늘을 날 때
그렇게 어느 외진 산모퉁이를 서걱서걱 혼자 걸어갈 때

—「모르는 길」 전문

시인이 '언어'를 소유하고 있다는 생각은 착각이다. 시인을 포함한 우리 모두는, 하늘을 날아다니는 새가 자신의 '영토'에 갇혀 있듯이, '언어'에 감금되어 있다. 때문에 시인은 언어의 주인이 아니라 그 세계로부터 추방된 존재이고, 그는 언어를 상실함으로써 비로소 시작(詩作), 즉 시인이 된다고 말해야 한다. 인용 시의 제목인 '모르는 길'이 의미하는 바가 그것이다. 홍일표의 이번 시집에는 시 또는 시작(詩作)을 의미하는 메타포가 반복적으로 등장한다. 노래, 발굴, 번역(오역) 등이 그것들이다. 예컨대 "내 몸에 세 들어 사는 물을 받아 적는 거다 글썽이는 물의 문장을 옮기다보면 나도 모르게 물방울이 되는 거다"(「물의 집」), "연필에서 새소리가 들린다"(「연필」), "꽃과 나무들은 지상에 없는 말들을 다국적어로 통역한다"(「가수 요조」) 같은 진술이 그렇다. 이 시에서 그것은 "어느 외진 산모퉁이를 서걱서걱 혼자 걸어"가는 것, "제 안의 푸른 피로/ 밤을 걸어가는 한 자루의 만년필"의 형상으로 묘사된다. 화자는 "출렁이는 물결 사이로 희뜩희뜩 사라지는 것들"에 매혹되어 길 없는 길을 걸어가고 있다. 그런데 견고한 모습으로 우리 앞에 놓인 사물-대상과 달리 출렁이는 물결 사이에서 언뜻 모습을 드러냈다가 금세 사라지는 것은 '언어'로 포착되지 않는다. 이 '없음'이 '불가능'과 '난해함' 가운데 어느 쪽에 가까운지 확언하기 어렵지만, 명석판명하고 고정불변한 대상을 지시하는 '명사' 같은 언어로 도달할 수 없음은 분명하다. 화자의 진술처럼 그것은 "평안과 자유/ 죽은 삭정이 같은 낱말들을 부러뜨리고"서야 말해질 수 있는 세계이다. 시는 이 미지의 세계를 향해 발걸음을 옮기는 두려운 경험이고, 그 세계는 "황홀과 매혹의 어디쯤" "고통과 아우성과 모멸이 뒤섞여 휘몰아치는 난장"의 카오스이다. 그러므로 시인은 시를 쓰는 동안 결코 행복할 수 없다. '만년필'에서 "직립의 사제"가 연상되듯이, 시인은 이 난장의 카오스를 온몸으로 견뎌야 하는 "겁 없이 푸른 목청으로 태양과 맞서는 풋사과" 같은 존재이기 때문이다. 시인은 오직 '시 쓰기'를 중단했을 때에만 기쁨을 맛볼 수 있다. 따라서 시 쓰기 이전에 '불행'이 존재한다는, '불행'하기 때문에 시를 쓴다는 말에는 신화적인 요소가 없지 않다. 시인의 진짜 불행은 시를 쓰기 시작하는 순간에 시작된다.

나는 노래를 가지러 왔다 빈 그릇에 담긴 것은 다 식은 아침이거나 곰팡이 핀 제삿밥이었다 콜로세움의 노인도 피렌체의 돌계단 아래 핀 히아신스도 다시 보지 못할 것이다 다시 보지 못한다는 것은 유적의 차가운 발등에 남은 손자국만큼 허허로운 일이나 한 번의 키스는 신화로 남아 몇 개의 문장으로 태어났다 불꽃의 서사는 오래가지 않아서 가파른 언덕을 삼킨 저녁의 등이 불룩하게 솟아올랐다 나는 노래를 가지러 왔다 지상의 꽃들은 숨쉬지 않았다 눈길을 주고받는 사이 골목은 저물고 나는 입 밖의 모든 입을 봉인하였다 여섯시는 자라지 않고 서쪽은 발굴되지 않았다 삽 끝에 부딪는 햇살들이 비명처럼 날카로워졌다 흙과 돌 틈에서 뼈 같은 울음이 비어져나왔다 오래전 죽은 악기였다 음악을 놓친 울림통 안에서 검은 밤이 쏟아져나왔다 나는 다만 노래를 가지러 왔다

—「악기」 전문

'노래'는 '시'의 다른 이름이다. 홍일표의 시에서 노래, 시, 번역, 발굴, 소리를 듣는 것은 하나의 의미망을 형성한

다. 그런데 여기서 '노래'는 부르는 것, 즉 주체의 행위가 아니다. '악기'라는 사물-대상을 중심으로 읽을 때조차 노래는 '부르는 것'이 아니라 '가지러' 오는 것이다. 다시 '비-언어'를 떠올려보자. 시의 '언어'가 투명한 의미를 주고받기 위해 고안된 커뮤니케이션의 '수단'이 아닌 것처럼, 시의 사물-대상 또한 우리가 일상생활에서 특정한 기능/효용을 위해 쓰고 버리는 실용적인 물건이 아니다. 그런 점에서 시는 이중의 단절을 통과해야만 성립된다. 일상적 언어와의 단절과 일상적 사물과의 단절이 그것들이다. 시인에게 일상어가 시의 언어가 아니듯이, 실용품은 시의 사물-대상이 아니다. 그런 한에서 "콜로세움의 노인"과 "피렌체의 돌계단 아래 핀 히아신스"처럼 "다시 보지 못할 것"의 의미가 각별해진다. 왜냐하면 "다시 보지 못한다는 것은 유적의 차가운 발등에 남은 손자국만큼 허허로운 일이나 한 번의 키스는 신화로 남아 몇 개의 문장으로 태어났다"라는 진술처럼 시인에게 사물-대상의 가치는 시간의 흐름을 거스르는 영속성-항구성이 아니라, "허허로운 일"이라고 말해야 하는 순간의 경험으로 사라질지언정 "몇 개의 문장으로 태어"나느냐에 의해 판단되기 때문이다. 이 시에 등장하는 이미지들, 가령 "오래가지 않아서 가파른 언덕을 삼킨 저녁의 등", 눈길을 주고받는 짧은 사이에 까맣게 저무는 "골목길", "삽 끝에 부딪는 햇살", 흙과 돌 틈에서 비어져나오는 "뼈 같은 울음" 등은 모두 '노래'가 흘러나오는 '악기'라는 공통점을 지니고 있다. 다만 그것들이 "오래전 죽은 악기"인 까닭은 그것들이 지금-이곳에서 '노래'와 '음악'을 들려주고 있지 않기 때문이다. 그러므로 "나는 다만 노래를 가지러 왔다"라는 화자의 진술은 자신이 사물-대상을 실용적인 맥락과 상관없이 '노래'가 흘러나오는 '악기'로 간주하겠다는 다짐이라고 읽어야 할 것이다. 사정이 이러하기에 사물-대상을 노래가 흘러나오는 '악기'로 보는 시선과 "나뭇가지들은 고장난 악기였다"(「잔영」)라고 말하는 것 사이에, 나아가 '쥐'를 가리켜 "너는 얼굴을 감춘 비사다 서지학자가 읽지 못한 낱말들이 곳곳에 지뢰처럼 숨어 있다"(「쥐」)라고 말하는 해석학적 상상력 사이에 본질적인 차이는 존재하지 않는다.

3

이 세상에는 "닿을 수 없는 곳"(「알코올 천사」)이 있다. 아니다. '세계'가 경험 이전에 존재하는 텅 빈 공간을 가리키는 말이 아니라면, 삶의 구체적인 감각으로서의 세계는 언제나 언어 바깥에 존재한다고 말해야 한다. 삶의 노래는 가청권 바깥에서 울린다. 그러므로 "길을 잃어야 가닿는"(「장흥」)다는 말처럼, 이곳에 닿기 위해서는 먼저 '길'을 잃어야 한다. 홍일표의 시는 우리가 익숙하게 알고 있는 '길'을 잃어야, 아니 '길'을 잃을 때에만 도착할 수 있는 세계에 관한 이야기이다. '길'을 잃는다는 것. 그것은 '언어'를 잃는다는 것이다. 또한 그것은 우리의 시선을 사로잡는 것들에 시선을 빼앗기지 않는다는 것이고, 우리의 귀를 자극하는 소리와 단절한다는 것이다. 세상에는 그때에야 비로소 보이는 것들, 들리는 것들이 있다. 홍일표의 시는 지속적으로 그 세계를 응시하고 있다. 결국 예술이란 이 세계, "가까이 갈수록 보이지 않는/ 사과"(「불가능한 사과」)의 세계에 도달하려는 행위이다. 그곳에서는 "사과는 사과를 밀어내고 붉은 것도 푸른 것도 아닌 색의 틈새로 굴러"(「점멸등」)가고, "크게 숨을 들이마신 계단이 주르르 펴"(「계단과 아코디언」)지고, "칼과 총이 보이지 않았지만 여럿이 죽고 여럿이 쓰러"(「광화」)진다. 또한 "동서남북이 사라지고 밤과 낮이 혼음"(「새의 기원」)한다. 이것들은 결코 환상이 아니다. '곡두', 즉 실제로는 눈앞에 없는 사람이나 물건이 마치 있는 것처럼 보이다가 사라져버리는 현상이 그러하듯이. 그것은 '바깥', 이성적인 질서와 실용적인 도구성의 논리로는 도달할 수 없는 세계이다. "다른 계절의 노래"(「몰운대에 서다」), "아직 이곳에 도착하지 않은 계절"(「유령들」), "인간의 마을에서 피지 않는 꽃"(「푸른 늑대」), "건너오지 않은 곳"(「옹알이」)은 모두 '바깥'의 기호로 읽어야 한다. '바깥'은 지금-이곳의 질서로는 포착되지 않는 '유령' 같은 존재이다.

나는 부풀어 무명의 신에게 닿는다
얼굴 없는 나를 아무도 알아보지 못하여
달의 종족이거나
오리알쯤으로 오해하기도 한다
몸을 떼어 몇 개의 알을 더 낳기도 한다

이미 죽어서 지워진 몸
용서라는 말은 하지 말자

당신을 만나는 동안 작은 속삭임으로 신의 귀를 간질인다
시간의 악몽을 통과하는 잠
어둠으로 빚은
세계의 모퉁이에 부딪힌 빛들이 가루가 되어 흩날린다

이곳에서 저곳까지 길이 없으니
나는 아직 까막눈이고
하느님도 보지 못한
희고 둥근 시간의 덩어리들

꽉꽉 눌러 사라진 꽃의 표정을 찾는다

여기저기 귀들이 펄럭인다

입이 돋는다
목련이 오래 감추어둔 혀를 내밀어 종알거리듯
곳곳에서 부풀어오르는
환한 살풍선들

제 말이 들리나요

밀가루 반죽 속에서 동글동글 태어나는 목소리들
나는 여전히 뜨겁고 캄캄한 살이어서
거듭 달의 종족이라고 불러본다
그래야 오늘도 말랑말랑한 하느님인 것

빵이라 부를 때 당신은 영영 보이지 않으니

—「빵」 전문

홍일표의 시는 명사를 제목으로 삼는 경우가 많다. 그런데 그의 시적 진술들을 따라가다보면 불현듯 우리가 최초의 출발점, 즉 제목에 등장하는 사물-대상에서 한참이나 멀리 떨어진 낯선 곳에 당도해 있음을 발견하게 된다. 잠시 인용 시를 살펴보자. 이 시의 제목은 '빵'이다. 중심에 위치한 사물-대상이 '빵'이라는 사실을 염두에 두고 읽으면 이 시에 등장하는 "부풀어"오른다는 술어나, 그것의 형상에서 유추된 "달의 종족" "오리알" 등이 비유적인 표현임을 쉽게 이해할 수 있다. 그런데 이 시의 핵심은 사물-대상을 비유적으로 표현하여 낯설게 제시하는 데 있지 않다. 그러한 해석 방식은 "무명의 신"이나 "얼굴 없는 나"라는 진술에 가로막혀버린다. '빵'이라는 기호를 사물-대상의 이름으로, 즉 명사로 이해하는 한 우리는 '빵'을 실용적인 도구로 받아들이는 일상적 태도에서 벗어날 수 없다. 그러므로 "빵이라 부를 때 당신은 영영 보이지 않으니"라는 마지막 구절은 시에 등장하는 '빵'이라는 기호를 일상적인 사물의 기호로 간주하는 환원적 태도에서 벗어나라는 충고로 읽어야 한다. 그것은 "문자 밖의 그대"(「바퀴」)와 동일한 맥락이다. 이 시에서 '빵'은 음식물이 아니라 '저곳'을 향해 변화하는 "희고 둥근 시간의 덩어리" "환한 살풍선들"이다. 시인에게 '빵'은 '먹는 것'이 아니라 "밀가루 반죽 속에서 동글동글 태어나는 목소리들"이라는 진술처럼 '듣는 것'이다. 하지만 '바깥'이 그러하듯이, '저곳' 또한 특정한 장소를 의미하지 않는다. 그것은 '이곳'을 벗어난 언어-기호가 끝없는 탈(脫)코드화를 통해 나아가는 방향일 뿐이다. "언어가 닿지 못하는 그곳"(「시인의 말」)이라는 말에서 중요한 것은 '그곳'이 아니라 언어가 '닿지 못'한다는 것이다. "이곳에서 저곳까지 길이 없으니/ 나는 아직 까막눈"이라는 화자의 이야기 역시 같은 맥락에서 이해할 수 있다.

'바깥'은 어떤 공간 내지 장소에 부여된 이름이 아니다. 어떤 것을 넘어선다는 것이 물리적으로 존재하는 장벽을 뛰어

넘는다는 말이 아니듯이, '바깥' 또한 어떤 공간의 외부를 가리키는 개념이 아니다. '너머'가 그러하듯이 '바깥' 또한 장소로 설명할 수 없다. '바깥'은 실상 사물-대상의 외부가 아니라 내부, 혹은 그것이 지닌 잠재적 속성에 가깝다. 홍일표의 시에서 사물-대상은 '명사'가 지시하는 정체성의 경계를 넘어 끊임없이 변화하는 진동체이다. 또한 이러한 변화의 횡단성은 대부분 '안'에서 '바깥'을 향해 폭발하는 이미지로 형상화된다. "곳곳에서 부풀어오르는/ 환한 살풍선들"(「빵」), "9층이 9층 밖으로 범람한다"(「귀로」), "내 안에서 누가 총을 쏜다"(「그늘족」), "밤을 빠져나온 붉은 핏덩이"(「즐거운 독백」), "몸밖으로 던진 슬픔"(「원반던지기 선수의 고독」), "몸안에서 돋아난 여러 올의 빗살무늬"(「눈썹」), "내 안의 봄/ 내 안의 아침// 혈관 속에서 쿵쾅거리던 지난밤의 목소리"(「나프탈렌」), "새 한 마리 포르르 몸밖으로 빠져나간다"(「붉은 새」), "내 몸안에 여러 개의 메아리가 동굴처럼 웅크리고 있다"(「뿔」), "말이 되지 않을 때 너는 내 안에서 뛰어나간다"(「쥐」) 등처럼 '내부'의 잠재성이 바깥으로 펼쳐지는 이미지는 시집 전편에 걸쳐 강박적으로 반복된다.

몸안에서 아이가 울고 있다

아이와 나는 점점 멀어지고

자라지 않는 아이

구석에 쪼그리고 앉아 오지 않는 어미를 기다리다 발바닥까지 운다

아이는 나를 알아보지 못한다
빤히 쳐다보고 있으나 나는 내가 아파서

눈깔사탕을 주며 아이를 달래본다
어디로도 갈 수 없는
아이를 따라 나도 젖어 아이의 울음으로 점화된다
지는 해는 언제나 붉어서 수숫대에 핏자국을 묻힌다

어미가 없다
불 꺼진 움막 같은
어디서 밥냄새가 난다 배는 고프지 않고 혀가 말려들어가던 날
손가락만 길어져서

몸안에서 비가 내린다 아무리 달래보아도
비는 멎지 않고
밤마다 아이의 등에서 혹이 자란다 울음이 밀어올리는 붉은 꽃대 같은

오늘도 아이는 네 살
목이 쉰 빗줄기는 몸안에서 울고

아이는 돌아보지 않는다 등을 다독이고 머리를 쓰다듬어주어도
얼굴이 없다
눈이 없다
울음만 검은 머리칼처럼 자라는 몸안의 아이는

—「동행」 전문

이 시는 두 가지 방식으로 읽을 수 있다. 하나는 '나'와 '아이'의 관계를 화자의 현재와 과거 표상으로 해석하는 것이고, 또 하나는 비(非)인칭적인 독법, 즉 '나'라는 개체가 사실은 독자적인 존재가 아니라 내부('몸안')에 '아이'를 포함하고 있는 이중 또는 다중적인 존재임을 말하는 작품으로 해석하는 것이다. 이 시는 첫번째 방식으로 읽을 때 개인('나')에 대한 정신분석, 인칭적인 의미를 갖고, 두번째 방식으로 읽을 때 존재의 잠재성, 즉 비인칭적인 의미를 갖는다. 나는 홍일표의 시에 등장한 수많은 사물-대상이 안에서 바깥을 향해 폭발하는 이미지라는 점을 고려하면 두번째 방식의 해석을 권하고 싶다. 이런 맥락에서 보면 "몸안에서 아이가 울고 있다"라는 진술은 표면적으로 단일한 것

처럼 보이는 개체의 내부에 잠재성이 함축되어 있다는 의미로 읽힌다. 단일성에 대한 이러한 부정은 "붉은 것도 푸른 것도 아닌 색의 틈새로 굴러"(「점멸등」)가는 '사과'처럼, 또는 "두드리면 돌덩이 같은 허공이 깨어나 없는 혀로 말"(「가수 요조」)을 하는 '허공'처럼 정체성의 질서를 횡단하는 이미지의 일종이다. 홍일표의 시는 이러한 사물-대상의 잠재성을 '이름'이 지시하는 고정적인 정체와 대비시킴으로써 사물-대상의 세계를 "처음부터 소유주도 등기부도 없는 오래된 공터"(「드라이아이스」)로 데려간다. 여기에서 '공터'란 특정한 방식의 분할이 행해지기 이전의 상태, 즉 잠재성이 들끓는 상태이다.

홍일표의 시에서 이 '잠재성'의 존재는 주로 '내부'에 함축된 것으로 간주되거니와, 정확히 말하자면 시인은 "너는 얼굴을 감춘 비사(秘史)다 서지학자가 읽지 못한 낱말들이 곳곳에 지뢰처럼 숨어 있다"(「쥐」)라고 말할 때의 감춰진 '얼굴', 숨어 있는 '낱말'을 '발굴'하는 존재이다. 때때로 시인은 "밤새 늙은 피아노에게 입을 달아주고/ 말을 걸어준다"(「피아노 수도사」)라는 말처럼 '입'을 빌려주거나 사물-대상의 '혀'를 자극하는 존재가 되기도 한다. 시인은 사물-대상의 잠재성이 발현되는 사건을 종종 새가 날고 꽃이 피는 자연 현상으로 비유한다. "구석이 화들짝 놀라 날아올랐다"(「구석을 읽다」)나 "동굴은 살과 뼈를 녹여 돌멩이 같은 꽃을 피웁니다 지지 않는 힘센 꽃들이 다투어 솟아납니다"(「동굴이 견디는 법」), "꽃이 시작되고/ 이랑마다 묻혀 있던 새들이 날아오르는 날"(「지하생활자의 수기」), "깃발을 히아신스 꽃잎으로 옮기는 열애 끝에 당신은 한 떨기 음악으로 태어납니다"(「고백」) 같은 진술이 그렇다. 이러한 상상력의 문법에서 '날아오르는 것'과 '솟아나는 것', 꽃이 피는 것과 음악/노래를 부르는 것은 동일시된다.

4

히아신스를 번역하는 일로 일생을 보낸 늙은 학자의 머리칼을 누가 번역하나 몸을 번역하여 끄집어내는 머리올은 가늘고 긴 백색의 문장, 아무리 살펴봐도 글자 하나 남아 있지 않은

구름에 복무한 몸은 지워지고, 천둥 번개를 삼킨 공중과 히아신스를 잡고 있던 손가락은 어디 있나

히아신스가 있긴 있었나 상가를 다녀온 날 검은 머리카락이 평생 중얼거린 말을 한 줄로 요약하는 거미를 본다 흰 거미줄에 이슬방울 하나 걸어놓고 어딘가에 크고 둥근 세계가 있다고 몸을 흔들면서

얼음을 따라가다 종점 근처에 빈 막대기로 서 있는 아이처럼 얼음은 어디에도 없고, 매미 우는 소리에 뜨겁게 달구어지는 햇살은 또다른 오역, 오역의 눈부신 한때였나

히아신스는 히아신스를 떠나고, 늙은 학자의 몸을 번역한 최종본은 소나무숲을 덮은 적설, 솔잎에 얹힌 눈의 무게만큼 밤은 왜 무거워지나 한쪽 눈을 찡그리고 봐도 토씨 하나 보이지 않는

—「오역」 전문

홍일표의 시집 『매혹의 지도』(문예중앙, 2012)에는 자연현상에 의미를 부여하는 행위를 '번역'이라고 명명하는 장면이 등장한다. "붉게 달아오른 몸에서 굴러 나오는/ 달과 별의 동그란 생각들을 봐/ 그걸 혹자는 위험한 사랑으로 번역하네"(「위독한 연애」)라는 진술이 그것이다. 여기에서 '번역'은 의미를 손실 없이 충실하게 옮기는 언어적 행위가 아니다. 이번 시집에 등장하는 "구름을 억새로 번역한 불광천은 날아가지 않는다"(「불광천」)라는 진술 역시 마찬가지이다. 사물-대상에 대한 우리의 경험, 그 구체적 감각이 '언어'를 초과하듯이 진정한 '번역' 역시 언어적인 재현을 넘어선다. 그런 점에서 진정한 번역은 '오역'일 수밖에 없고, 모든 시인은 "히아신스를 번역하는 일로 일생을 보낸 늙은 학자의 머리칼을 누가 번역하나"라는 고뇌 섞

인 물음처럼 번역 불가능한 것을 번역해야 하는 불가능의 운명을 몸으로 살아내는 존재이다. 홍일표의 시는 이 불가능한 번역에 봉헌된 '오역'의 언어이고, 지금-이곳의 언어로는 기록될 수 없는 '낯선 시간'에 대한 기록이다. 그의 시는 "하늘을 떼어내고 망명하는 구름의 문장"(「개곡선(開曲線)」)처럼 언어의 바깥을 열어 보인다. 그의 문장들은 독자를, 이 세계의 사물-대상을 "맹세와 언약이 없는 해안"으로 데려간다. '맹세'와 '언약'이 없다는 것은 아무런 약속이 존재하지 않는다는 것, 그리하여 '해안'에서는 담을 뛰어넘던 아이가 넘어져 '논밭'이 되기도 하고 "동해의 푸른 물결"이 되기도 한다. 그런 점에서 만일 '시'에도 고유한 시제가 있다면 그것은 "다른 시간"(「발굴」)이나 "다른 계절"(「몰운대에 서다」)처럼 탈구된 시간(Time is out of joint)일 것이다. 홍일표에게 시는 미지의 시간을 불러들여 현재의 시간을 탈구시키고, 언어 바깥의 비언어적 경험을 통해 관습화된 언어를 해체-구성하는 행위이다. 이것은 '바깥'의 언어로 쓰여진 이야기이다.

홍일표 1988년『심상』신인상, 1992년 경향신문 신춘문예를 통해 등단했다. 시집『살바도르 달리풍의 낮달』『매혹의 지도』『밀서』, 평설집『홀림의 풍경들』을 펴냈다. 제8회 지리산문학상을 수상했다.

문학동네시인선 103
나는 노래를 가지러 왔다

1판 1쇄 2018년 3월 31일
1판 2쇄 2020년 6월 30일

지은이 | 홍일표
펴낸이 | 염현숙
책임편집 | 김민정
편집 | 김필균 도한나
디자인 | 수류산방(樹流山房) 본문 디자인 | 유현아
마케팅 | 정민호 박보람 우상욱 안남영
홍보 | 김희숙 김상만 지문희 우상희 김현지
제작 | 강신은 김동욱 임현식
제작처 | 영신사

펴낸곳 | (주)문학동네
출판등록 | 1993년 10월 22일 제406-2003-000045호
주소 | 10881 경기도 파주시 회동길 210
전자우편 | editor@munhak.com
대표전화 | 031) 955-8888 팩스 | 031) 955-8855
문의전화 | 031) 955-3576(마케팅), 031) 955-2678(편집)
문학동네카페 | http://cafe.naver.com/mhdn
북클럽문학동네 | http://bookclubmunhak.com

ISBN 978-89-546-4979-7 03810

* 이 도서의 국립중앙도서관 출판예정도서목록(CIP)은 서지정보유통지원시스템 홈페이지(http://seoji.nl.go.kr)와 국가자료종합목록 구축시스템(http://kolis-net.nl.go.kr)에서 이용하실 수 있습니다.(CIP 제어번호 : CIP2017033388)
* 이 시집은 한국출판문화산업진흥원 2017년 우수출판콘텐츠 제작 지원 사업 선정작입니다.

잘못된 책은 구입하신 서점에서 교환해드립니다.
기타 교환 문의: 031) 955-2661, 3580

www.munhak.com

문학동네